有些痕，镶嵌到皮肤上；
有些痕，渗透到骨血里；
有些痕，游离在岁月中；
有些痕，伴随时代车轮前行。

——丰尔

Title: 痕 (Scar)
Author: 丰尔 (Feng Er)

ISBN: 979-8-9957283-0-6

Cover design by Olivia Ouyang
Layout design by Yunxin Ouyang and Aaron Lee

First Edition, 2026
Printed in the United States of America

Published by Aaron Lee

书名：《痕》
作者：丰尔

ISBN：979-8-9957283-0-6

封面设计：Olivia Ouyang
排版设计：Yunxin Ouyang、Aaron Lee

2026 年第一版
美国印刷

出版人：Aaron Lee

痕

Scar

丰尔

Feng Er

Published by Aaron Lee

First Edition, 2026

目录

第一章　落榜

一九六三年阳历七月二十八日，星期六。日头偏西的时候，王洁终于看见了山坳里自家屋顶的茅草。

从乡小学到山腰的家，足足十五里。要翻过那座光秃秃的、只在地名里留了个“碉堡”空名的山梁，要经过架构在流量小得可怜的“鸭河”上的贡桥——那座能给路人歇脚、乘凉、躲雨的旧木桥。还得走上好几里长满垂柳的河堤。风一过，千絲万缕的柳条就蔌蔌作响，像是也在赶路。这个时节，鸭河两岸的稻田黄得沉甸甸的，稻穗饱满得像是要炸开。三年了，地里头一回又长出这样让人心安的粮食。

王洁是跑着回来的。汗水湿了又干，干了又湿，蓝布衫的后背结了一层薄薄的盐霜。推开那扇用竹片和茅草扎成的院门时，她脸上的疲惫和委屈，浓得化不开，像这山间傍晚怎么也散不尽的湿气。

家在半山腰，是王洁的丈夫林茂源和老沈那几个堂兄弟，用树干、竹片和茅草搭起来的。一共四间小屋，竹片编的墙壁连人影都隔不住。天擦黑时，两个打猪草回来的女儿看见了她，先是愣在门口，而后像忽然认出了最亲的人，扑上来搂着她的腰就哭。王洁眼圈红了，却硬生生地把泪憋了回去，只把两个瘦小的身子搂得更紧些，手指深深陷进她们洗得发白的旧衣裳里。

炊烟从屋后袅袅升起，土豆和玉米面糊混合的那种香气，吊人胃口，而且让这个家有了点暖意。香味刚飘到门外，小儿子林木森就跟着父亲回来了。木森今年刚以全乡第一的成绩小学毕业。这半个月算半个劳力，跟着父亲在第三生产队修河堤，边挣工分，边等县里的录取通知。木森脸上沾着泥点，眼睛却亮晶晶的，像藏着两颗星星。

吃饭时是沉默的，只有筷子碰着粗陶碗的轻响，和两个妹妹偶尔吸面糊的声音。王洁吃得很少，眼神总是飘向窗外越来越浓的夜色。

收拾完碗筷，王洁朝丈夫使了个眼色。林茂源放下手里正在编的竹筐，默默跟进了里屋。他们的房间紧挨着木森住的那间，竹片牆薄得像层纸，压低了声音，也未必管用。

王洁坐在床沿，手指无意识地捻着打着补丁的床单，半晌没说话。煤油灯的光在她脸上跳动。让那份极力压抑的疲惫，显得更加沉重。

“木森的事……”她终于开口，声音干涩，像是从喉咙里硬挤出来的，“县中……今天有老师来公社了。”

林茂源抬起头，手里的动作停了。

“招生办的赵主任……也来了”王洁吸了一口气，仿佛需要极大的勇气才能把话说完，“我去问他，还把木森所有的成绩单、奖状都给他看了。”

她停顿了很久，久到窗外的虫鸣都显得刺耳。

“赵主任说……成绩是没得挑，远远超过了录取线。”王洁的声音开始发颤，“可他说……他说县中学是全县的门面，学生代表学校的形象。他的面伤把监考老师都吓了个倒退，哎……”说着，王洁捂着胸口，无可奈何地摇晃着脑袋。

竹墙的另一边，一片死寂。

但或许，有一个十二三岁的少年，正屏住了呼吸，将耳朵紧紧贴在冰凉的竹片上。他脸上那些崎岖的，白的、深红色的疤痕，在黑暗中，大概也正无声地发着烫。

木森在自己的房间里，就着煤油灯跳动的光，翻看大姐从城里捎回来的小人书。他看得入迷，左手不自觉地搓着那只唯一的耳朵，眼睛生怕漏掉一个标点。直到母亲那句带着颤音的“……木森那脸……”像根冰冷的针，猛然刺穿薄薄的墙壁，扎进他耳朵里。

时间好像瞬间被冻住了。他愣着，手里的小人书滑落到地上。

不知过了多久，一股尖锐的痛楚从心底炸开，他像被火烫了屁股，猛地跳起来，冲出房门，直挺挺地杵在父母面前，喉咙里迸出一声嚎叫："为什么？！为什么？！"眼泪紧接着决堤般涌出，滚过他脸上崎岖的疤痕。

林茂源和妻子同时抱住儿子，像要用身体挡住所有砸向他的风雨。王洁已泣不成声。林茂源强忍着，把紧抱的手慢慢移到儿子脸上。他的手掌粗糙如砂纸，极轻地抚过木森的额头——那里有一块显眼的、雪一样的白痕。他低下头，用嘴唇在那白痕上轻轻碰了碰，像在进行一个无声的仪式。手继续向下，触碰到那些凹凸不平的疤痕。他小心翼翼，仿佛触碰的是世界上最易碎的瓷器。

这时，王洁的视线落在儿子脸的右侧——那里只有一点点残存的耳廓轮廓。积蓄多年的愧疚与眼前的绝望混在一起，冲垮了她最后的堤防。"是我们……是我们害了儿子啊！"她冲着丈夫，更像是冲着自己哭诉，"弄成这个样子……现在连书都不让读……我们会害他一辈子……"

林茂源的身体僵硬了片刻。然后，他深吸一口气，似乎把翻涌的情绪强行压回了心底。他双手捧住儿子的脸，让他看着自己，接着用力拍了拍儿子单薄的肩膀，声音刻意提高了，带着一种不容置疑的斩钉截铁：

“不让去县中，爸爸就在家里教！教木森，也教两个妹妹！我林茂源说到做到，每天下工，我教你们认字、读书、写文章！”

两个妹妹在门外探头听着，对视一眼，眼里有了点亮光。这个夜晚，父亲用这样一个近乎执拗的决定，暂时为全家破碎的心灵，寻得了一个简陋的避风港。

夜已深透了。一家人在极度的情绪耗竭后，终于归于沉寂。

林茂源草草抹了把脸，倒在床上，紧闭双眼渴望立刻睡去。但眼皮沉重，思绪却像脱缰的野马，在漆黑的旷野上狂奔，将他拖回往事的风烟里。

第二章　祸不单行

刚成立的新中国，百废待兴。有文化的林茂源，被调往外县的一个粮食公司，肩负经理之职。妻子王洁带着三个年幼的孩子同去。日子虽然忙碌，却满怀新生的希望。然而不到一年，疾风骤雨般的“三反”运动席卷而来。一顶“压制民主、抗拒运动”的帽子压下，他便成了阶下囚。判决书上是三年，他在劳改中表现突出，汗水洗刷着莫须有的罪名，才换得一年后拖着疲惫的身子提前释放。而这期间，失去依靠的王洁，只能带着孩子们，回到故乡。

王洁在渴求知识的家乡土地上，找到了立身之所——乡村小学教师。粉笔灰渐渐掩去一些生活的苦涩。林茂源出狱后，被分配到“新岗位”，正是妻子教书所在乡的和平村——一个改造“五类分子”的场所。一家人，这才在命运的颠簸后，于这片贫瘠的土地上重新聚拢，像被激流打散的芦苇，勉强重新扎下根来。

记忆的潮水继续翻涌，不可遏制地冲向更深的渊薮——那个他永远无法原谅自己、改变了一切的一天。但今夜，他已无力再回溯那灼热的细节。只有儿子额上冰冷的白痕，和妻子压抑的哭泣，交织成一张网，将他牢牢困在现实的伤痛里。

……潮水汹涌，拍打着他的脑，沁透了他的心。那个他最不愿意看见、最害怕想起的场景，终于还是撕开时间的帷幕，清晰地浮现在眼前。

那是一九五三年的早春，寒意未消。正月初六，天刚蒙蒙亮，奶奶和伯母就扛起锄头，背上背篼，牵着刚会走稳路不久的木森，去了阳坡那块小小的自家地里。木森很乖，被安顿在一块平整的石头上，手里攥着根毛茸茸的马尾巴草，兀自摇晃着，嘴里咿咿呀呀地哼着奶奶教的、谁也听不清词儿的童谣。奶奶和伯母埋首在地里，为一家三口来年的口粮除草、施肥……

日头不知不觉爬到了头顶。奶奶捶了捶酸痛的腰，低头喊道："木森哪，饿了没？"没有回应。她心里一紧，抬头望去——只见那小小的身影，不知何时已歪在石头边睡着了。春日稀薄的阳光照在他稚嫩的脸上，安宁得让人心疼。"可怜三儿啦（他在儿子中排行第三），跟着大人受罪……"奶奶低声嘟囔着，满是老茧的手在衣襟上擦了擦，走过去轻轻抱起温热柔软的小身子，对伯母交待了一句，便先往家赶。

进了家门，奶奶把木森轻轻放在床上，掖好被子，看了又看，才转身去了堂屋后面的灶屋。她往火塘里添了几根硬棒柴，将水缸里不多的水全部装进铁壶，刚好装满，然后挂上了火塘里的火钩。奶奶见木森睡得香甜，便放心地挑起水桶，轻轻带上门，往村口的池塘去了。

她没想到，这一去，竟然是命运错轨的开始。

木森睡了不到一刻钟，便被一阵莫名的凉意弄醒了。“奶奶……奶奶……”他迷迷糊糊地用手揉着眼睛，带着睡腔喊道。几声呼唤落进空旷的屋里，没有回音。他有些害怕，自己爬下床，光着脚丫，循着记忆里最温暖的方向，蹒跚着走向灶房的火塘。

火光跳跃，驱散了寒意。他伸手想去拖自己常坐的那个小木凳。凳子有些沉，他用力一拉，凳子腿拌在了一块不平的砖石上——整个小凳猛地一歪，直直倒向熊熊的火塘！

“哐当！”

倒下的凳子不偏不倚，狠狠撞在了悬挂的铁壶上。挂钩摇晃，满壶滚烫的开水，像一道惨白的瀑布，朝着通红的炭火倾泻而下。

轰——

刹那间，水火猛烈相激！一股混合着灼热水汽、滚烫烟灰和致命热浪的浊白气流，如同有了生命和恶意的怪物，在这个狭小的空间里猛然膨胀、炸开，瞬间吞噬了站在最近处的幼小身影。

高温的气流狠狠冲撞着木森的脸颊、头顶、伸出的小手……时间在那一刻被无限拉长，只剩下皮肉接触极端高温时那一声轻微而可怕的“嗤”响，以及随之而来的、淹没一切的剧痛。

“啊——奶奶——！！！”

撕心裂肺的哭嚎，终于刺破了山村的寂静。

当奶奶挑着水，气喘吁吁地赶回家门口时，看到的景象让她魂飞魄散。浓烟尚未散尽，火塘边，她心尖上的孙儿正蜷缩在地上，那张早上还完好红润的小脸，此刻已是触目惊心的赤红与焦黑，拌着细小水泡的迅速隆起。孩子连哭喊的力气都快没了，只剩下喉咙里绝望的、断断续续的抽噎。

水桶“咣当”倒地。奶奶踉跄着扑过去，想抱，却不知该从何下手；想喊，喉咙却像被死死扼住。“我的三儿啊……我该死啊……我不该去挑水啊……”无边的自责和恐惧将她淹没。她勉强抱起忽然变得有点沉的孩子，瘫坐在门口冰凉的石头门槛上，脑中一片空白，只剩下一个念头：城里的医院！对，医院！

就在这时，背着满篓猪草的伯母也赶了回来。眼前的惨状让她倒抽一口冷气，手里的背篓滑落在地。没有一句多余的话，甚至来不及换身衣裳。婆媳俩用家里最柔软的一床旧棉被裹住孩子，伯母背着木森，不时还抽出手去搀扶几乎虚脱的奶奶。在渐浓的夜色中，深一脚浅一脚，朝着几十里外的县城，开始了她们一生中最漫长、最绝望的跋涉。

县医院的灯光，在那个夜晚显得格外惨白。医生的检查结论简短而残酷：“面部、头部、手部，大面积深度烫伤。孩子太小，体质虚弱，恐怕……”后面的话，奶奶已经听不清了，她靠着冰冷的墙壁滑坐到地上，老泪纵横，只会反复念叨：“我害了木森……我对不起茂源，对不起孩子他娘啊……”

看着病床上奄奄一息、被纱布重重包裹得只剩一点起伏的小小身体，奶奶心里烧着一把火，又结着一层冰。她想起孙子最爱吃甜糯的汤圆，尤其是正月十五的元宵。一个近乎执念的想法抓住她：“只要能挺到正月十五，……我一定要给他煮一碗汤圆，一定要！”这成了支撑她守在病床前，日夜不休的唯一信念。

也许是这卑微的念想真的被上天垂怜，也许是孩子命不该绝。在县医院住了将近两个月，数次濒危又数次挺过，木森的伤，竟真的开始缓慢地、艰难地愈合了。生命的力量一点点回到这个小身体里，他能吃东西了，眼睛会转了，甚至偶尔会对奶奶露出一个被纱布阻挡、几乎看不出的笑。

终于，拆下层层纱布的那天到来了。

伤口愈合了，命，保住了。可那个曾经有着苹果般脸蛋、亮晶晶眼睛、完整耳朵的木森，却永远留在了烫伤发生前的那一刻。

取而代之的，是一张布满红白交织瘢痕、凹凸不平如龟裂土地的脸。右耳廓几乎完全消失，只留下一点点扭曲的残迹。他的眼睛依旧清澈，却从此将永远从这片伤痕的“土地”上，打量这个骤然变得异样和复杂的世界。

从医院回到家那天起，奶奶先收起了家里那面唯一的、模糊的铜镜。后来，所有能清晰映出人影的物件——光滑的水盆边、甚至雨后清澈的水洼，都被家人下意识地回避着。

镜子，从这个小屋里，彻底消失了。

连同消失的，还有这个家庭曾经有过的、关于“完好”与“平常”的最后一点念想。

窗外，万籁俱寂。天边泛起鱼肚白，描出远山模糊的轮廓。

林茂源轻手轻脚下了床，还是惊动了同样一夜未眠的王洁。她跟到丈夫面前，声音沙哑：“今天……让木森歇一天吧，别去河堤了。”

“让他自己定。”林茂源回答得没有迟疑，“这道坎，早晚得他自己迈。”

说完，他抱起柴火进了厨房。两个妹妹已经早早起来，生火做饭。和妈妈一起，摆好碗筷，盛好玉米糊。

四妹朝着木森房门喊：“三哥，吃饭了。”连喊两声，屋里静悄悄的。

王洁心里一紧，转身进去——房间空着。小人书还摊在桌上，被子还是昨天的模样，没动过。“茂源！木森不见了！”她跑出来，声音发颤。

林茂源却显得异常平静，仿佛早有预料。“你们先吃，”他拿起靠在墙角的铁锹和扁担，“我去找他。别慌。”

他径直朝三队的河堤走去。

鸭河的水面不宽，水流量也不大，一年四季，整条河面上，都有成群结队的鸭子在鸭妈妈的呵护下，摇摇摆摆地嬉戏、游玩，嘎……嘎嘎……嘎嘎……欢乐的声音在鸭河上空回荡。但夏秋山洪一来，两岸人都清楚。那浑浊的浪头有着啃噬一切的力气，因此，这河堤年年修，年年垮，像个永远填不满的窟窿。队里的主要劳力，如今都耗在这绵长的土堤上。

林茂源走上堤坝，晨雾尚未散尽。他没费什么功夫，目光就锁定了柳树下那个孤零零的身影。木森坐在垂柳下的一块大青石上，柳枝在晨风里摇曳，不时拂过他的头顶。他背对着父亲来的方向，低着头，面前是一洼夜里积下的雨水，清澈，平静，像一面被遗忘在地上的镜子。

他正盯着“镜子”里的自己。水中的面孔模糊而扭曲，疤痕的纹路在水波微漾中显得更加崎岖。他看了很久，然后，用只有自己能听见的声音，对着水中的影子说：“不让去县中读书，就不活了吗？”

沉默了片刻。

“不。”他的声音忽然清晰起来，带着一种破土而出的硬度，“我不但要活，还要活出个样子来。”

说完，他像是卸下了什么重负，猛地站了起来，转身，恰好迎上父亲沉静的目光。

父子俩对视了一瞬。木森先开了口，语气出乎意料的平静：“爸爸，我本想先下山，让您和妈多休息会儿。”

林茂源看着儿子，脸上慢慢绽开一个笑容，那笑容里有痛惜，但更多的是骄傲：“我儿子，长大了，懂事了，知道疼人了。”

没有更多言语。父子俩会心一笑，拿起工具，融入了渐次到来的上工人流。

一轮红日终于跃出山脊，将金灿灿的光洒在河堤上。人们说笑着，互相招呼着，空气里弥漫着旱烟的辛辣和汗水的湿热。然而，在这片嘈杂中，总有一些压低的窃窃私语，一些快速瞥来又慌忙移开的目光，像看不见的牛虻，嗡嗡地围绕着木森。

林茂源全都看在眼里。那些交头接耳，那些闪烁的眼神，像细小的针，扎在他的心上。他比谁都清楚那些低语的内容。他更清楚，这种无形的、日复一日的“打量”，比明面的拒绝更能摧垮一个人。

不能让儿子继续泡在这目光的碱水里了。

当天晚上收工后，林茂源没有马上往家赶，径直去了生产队长的家。昏黄的油灯下，他对着那张被岁月刻满皺纹的脸，说出了自己的请求：“队长，河堤上人多嘴杂。木森那孩子……心思重。能不能，给他调个活？找个清净点，人少点的地方？他有力气，也不怕吃苦。”

队长吧嗒着旱烟，沉默地听着。橘红的烟头在昏暗里一明一灭。许久，他磕了磕烟杆：“后山老林那边，缺个割漆的。活是孤清，也险，但工分不低。你看……去吗？”

林茂源几乎没有犹豫：“去。谢谢队长。”

就这样，木森命运的河道，在这个夜晚，悄无声息地转了一个弯。从众人劳作的喧嚣河堤，转向了寂静而危险的老林深处。那里，等待他的将是黏稠的漆液、陡峭的崖壁，以及，……什么可能都会有。

第三章　拜师学艺

鸡叫过三遍，天还沉在墨黑里。林茂源窸窸窣窣地穿好衣服，扣子扣到一半，便轻手轻脚推开儿子房间的竹门。

“木森，木森……起来，跟爸爸去沈伯伯家。”他低声唤着，粗糙的手掌在儿子额前那快显眼的白痕上，极轻地佛过。

木森醒了，睡眼惺忪。昨夜的记忆瞬间回笼——爸爸说给他找了个新活路，去深山跟沈伯伯学割漆。他猛地翻身坐起。

父子俩喝着凉水，匆匆扒了几口昨晚的剩饭。木森默默扛起扁担、锄头和开山用的大锤，站在晨雾弥漫的门口等着。他看见爸爸手里提了个旧竹篮，上面严严实实盖着一张泛黄脆硬的报纸。

“提这个是……？”

“是你妹妹们平时攒下的鸡蛋。送给沈伯伯，往后，他就是你的师傅了。”

木森点点头，没有再说话。师傅，这个词在他心里沉了沉，然后升起模糊的光亮。

他们一前一后下了山。山脚下，稻田的田埂小路湿滑狭窄，露水很快打湿了裤脚。走上鸭河河堤时，东边的天际才勉强透出一层蟹壳青。朦胧的晨光里，能看见堤坝尽头处，一片乌压压的庞大屋脊轮廓。

那是罗家大院。地主罗明仁昔年的宅邸，土改时分给了贫下中农。一个四合院框住方方正正的一片天井，宽敞得能摆下十几桌酒席。如今这里挨挨挤挤住了二十多户人家，是整个生产队大半人口的栖身之所。

沈光宗沈伯伯家，就在天井北面。四间屋子，对他们夫妻两人来说，显得空落落的。他们曾有过一个儿子，来到世上不到半年，一场怎么也退不下去的高烧，便夺走了那团小生命。从那以后，妻子的肚子再没动静。沈光宗见了谁家的孩子，眼神都会不自觉地软下来，多看几眼。

林茂源和木森刚在他家门口站定，那扇旧木门便“嘎吱”一声开了。沈光宗像是早就候着了，脸上带着山里人那种实诚的笑容：“昨天队长跟我说了，估摸着你们一早得来。”他将父子俩让进堂屋。坐下后，他目光落在木森脸上，那目光里有审视，有关切，却没多少木森惯常遭遇的惊诧或躲闪。“割漆这活计，”沈光宗开门见山，“又苦，又累，还险。钻老林，爬陡崖，毒虫瘴气不说，漆毒厉害，沾上了又痒又肿。娃娃，你真想去？”

木森迎着他的目光，背脊不自觉地挺直了：“沈伯伯，我去。我不怕苦，也不怕险。我会好好地跟你学。”

林茂源在一旁听着，喉结上下滚动，眼眶骤然红了。他忽然站起身，对着沈光宗，深深鞠了一躬："沈大哥，拜托了！请你……收下这孩子吧。我们全家都不会忘记你的恩德。"

沈光宗慌忙扶住他。他是个不识字的粗人，心底却敬重林茂源这样的文化人，平日里两人就说得上话。见林茂源这样，他叹了口气，拍着茂源的胳膊说："快别见外了，这孩子我看着就踏实，我收下就是！只是话说前头，往后我管教严，手也重，你可别心疼！"

林茂源连连点头，赶紧示意木森。木森会意，走到沈光宗面前，端端正正跪下，磕了三个头。额头碰在硬实的泥地上，发出沉闷的轻响。

"我把儿子交给你了。"林茂源声音还有些哑，"该打该骂，随你。只求你……教他一门能立身的手艺。"

"放心吧！"沈光宗把木森扶起来，转向林茂源，晃了晃粗壮的大拇指，"木森是个能吃苦耐劳、有灵性的好孩子，肯定学啥会啥！"

出工的时辰快到了。林茂源再次谢了沈光宗，又叮嘱了木森几句，才转身匆匆赶往三队的河堤。木森站在罗家大院空旷的天井里，望着父亲肩上扁担的铁钩轻轻晃动着，微驼的背影消失在蒙蒙亮的晨光中。

沈光宗回屋拿了工具——几把形制特异的割漆刀，一卷接漆的定形大树叶，几个沉甸甸的漆桶，还有上树的打漆钉。他把一套轻便的递给木森："走吧，今天先认认路，看看漆树长啥样。"他们一前一后，离开了渐渐苏醒的院落，朝着后山那一片苍茫幽深、雾气弥漫的老林走去。那里，是另一个世界。

来到后山老林前的一块空地时，日头已经升得老高，明晃晃地悬在正空中。木森低头看了一眼脚下——没有影子。他喃喃道："是正午了。"

"嗯，这半天光赶路了。"沈光宗抹了把额头的汗，"往后，为了省功夫，我们就住山里。几天回去一趟。"

说完，他径直走向林子边缘一个低矮的窝棚。木森跟着钻进去。棚子约一人高，一半的地面铺着半尺来厚的干稻草，草上铺着已经洗白了的格子花床单，上面有一床叠着的被子和一个园柱体式的枕头，那里面似乎灌的艾草，据说艾叶有驱蚊虫的功效。另一半是空地，杂乱而有序地放着碗筷、干粮、和各式割漆的工具，空气里混合着草梗、泥土、艾叶的清香和隐约的漆味。

沈光宗从漆桶里摸出两根煮熟的玉米，递过一根："木森，吃点。"

"沈伯伯，我不饿，您吃。"

“正是抽条的时候，哪能不饿？”沈光宗不由分说，把玉米塞进木森手里。玉米还温着。木森低下头，看着手中金黄的颗粒，心口像被那点温度烫了一下，有点酸，更多的是暖。

师徒二人吃完玉米，喝了些凉水，各自背起竹筐，挎上漆桶，握紧割漆刀，走出窝棚。一阵山风迎面扑来，带着林木深处特有的凉润和草木清气。木森深吸一口，感到一种奇异的轻松——这里没有那些如影随行的目光。

沈光宗带他来到一颗树下。树干有碗口粗，表皮覆盖着深绿的苔藓，枝叶长得齐整，一片片对生上去，直到梢头，才孤零零地独出一片叶子。

“看，这就是漆树。”沈光宗的声音打断了木森的观察，“这林子里，大的小的，多的是。你看我怎么弄。”

他边说边动起来。先从竹筐里取出几个木楔，用锤子左右交错着，“咚咚”几声，牢牢钉进树干，成了简易的梯子。他爬上去，上下打量，选定位置，用一把小铁刨利索地刮去一片苔藓和老皮，露出底下浅褐色的树肤。接着，他手中那把弧形薄刃的漆刀寒光一闪，稳稳落下，手腕巧妙转动，一个深深的“Y”字形刻痕便出现在树干上。树皮破开的瞬间，一股更浓郁的、有点冲鼻的草木辛气散出来。最后，他在刀子下方，贴上一片卷好的承接漆液的定形大树叶。

他一边示范，一边讲解：下刀的深浅角度，接漆的诀窍，生漆的贵重——“这东西，防腐、光亮、耐用，是宝贝。”他也交待漆毒的厉害：“沾上皮肤，又红又肿，奇痒钻心。千万不可大意。”

“师傅，您下来歇歇，让我试试。”木森忽然开口，眼神里有了一种跃跃欲试且自信的光。

沈光宗看了他一眼，下了树：“好，你来。”

这天下午，阳光透过叶隙，在这棵漆树上投下晃动的光斑。一老一少的身影，一个在下仰头指点，一个在上小心实践。刀锋刮过树皮的“沙沙”声，木楔承重的“吱呀”声，间或的低声问与答，融入了山林的寂静。

傍晚，西天烧起一片绚烂的晚霞，给幽深的老林镶上一道金边。木森在这棵“教学树”上划下最后一个“Y”字，小心地贴好最后一片容器。

沈光宗拍拍他的肩，手上满是老茧和洗不掉的漆渍：“头一天，就到这儿吧。回去。”

回到窝棚时，天已黑透。沈光宗点亮那盏小煤油灯，昏黄的光刚撑开黑暗，他就“咦”了一声。棚里那条当桌子用的宽板凳上，凭空多出一个鼓鼓囊囊的布袋。

他过去解开系口的麻绳，一张折着的纸条，压在一堆食物上面——几张烙饼，一小块煮熟的腊肉，还有几个煮鸡蛋。袋子底下，还卷着一床厚实些的棉被。

沈光宗把纸条递给木森："准是你爸。看看。"木森接过，在灯下展开。纸上是他熟悉的、父亲略显清瘦却端正有力的字迹：

木森：给你和沈师傅带点吃的，还有床被子。山里夜间凉。好好学，用心记，不懂就问。天黑了，不等你们了。父字。

字迹在昏黄的光里显得有些模糊，木森捏着纸条，半晌，才低声说："师傅，是我爸……送来的。"

"可怜天下父母心啊！"沈光宗看着木森继续说："第一次住在林间窝棚里，肯定不习惯，慢慢就好了。"

"师傅，我知道了，您安心睡吧！"木森恭敬地应道。

棚外，山林彻底沉入无边的黑夜，唯有风声过耳。棚内，一点暖光，两个身影，一袋来自山外、尚带余温的牵挂，让这简陋的栖身之所，忽然有了家的意味。

接下来的日子，沈光宗便让木森独立操作，自己只在一旁看着，偶尔出声点拨，或是在年轻人手势生涩时，上前握住他的手，带他感受刀锋切入树皮最省力、最流畅的那个角度。不到一周，木森便能独自完成钉梯、上树、选位、刮皮、下刀、接漆的全套流程了。“师傅，这棵弄好了，你来看看！”

沈光宗爬上树，眯着眼，将那一道道新鲜的“Y”字刀口从头看到尾，粗糙的手指抚过边缘整齐的刻痕，最后摸着下巴稀疏的胡茬，点了点头：“嗯，不错。灵性人学东西，就是不一样。”

得到师傅的肯定，木森咧开嘴，笑了。脸上崎岖的疤痕也舒展开一些。他知道，自己能在这么短的时间里，在这孤寂的山林里站稳脚跟，靠的是师傅毫无保留地传授，也离不开父亲那沉默却坚实地支撑。

第四章　蛇噬

后山老林里，漆树是主角，却也散落着不少野果树。板栗、核桃、洋桃儿……点缀在深绿之中。师徒二人每天鸡鸣即起，戴月方归。沈光宗有抽旱烟的习惯，上下午各一次。每到那时，他便会眯起被烟雾熏得微眯的眼睛，舒坦地“吧嗒”几口，然后对木森说：“去，林子里转转，寻点零嘴果子吃。”这成了木森一天里短暂的、带着期待的放松。他会欣然应声转身钻进林木更深处。

这片老林与邻乡的牛儿坝接壤，一条踩得发白的小路连通两地，偶尔有赶集或走亲戚的村民经过，人声笑语短暂地打破寂静，给独居山中的割漆人添了几分无形的胆气。

这天下午，木森揣着这份胆气，目光在枝椏间搜寻。走过一个岔路口，他眼前一亮——一株矮小的漆树（或许是变异，或许是别的类似物种）上，竟缀满了珍珠大小、玫瑰红色的果实，亮晶晶的，像是谁把碎宝石撒在了树上。

是“寸桃儿”！木森认得。以前妹妹们打柴回来，常常摘了一大篼，吃起来甜津津的，只是皮略厚。他心中一阵欢喜：多摘些，给师傅尝尝！

他脱下外衣铺在地上，两手飞快地交替采摘。红艳艳的果子簌簌落下，不一会儿就在青布衣上堆起一座小小的、晶莹的果实山。

“哎哟……！”

就在快要摘完的时候，木森突然痛呼一声，整个人僵了在原地。

脚边，一条褐底黑纹的眼镜蛇正昂起镰刀似的头颈，冰冷的竖瞳死死盯着他。左脚的脚踝处，传来一阵尖锐到麻木的剧痛——被咬了。

木森头皮发麻，浑身血液仿佛瞬间冻结。他清楚这山中毒蛇的厉害，知道必须立刻回去，找到师傅，或许还有救……他不敢再想，用颤抖的手迅速拢起衣襟，将那些红艳艳的寸桃儿紧紧抱在怀里。仿佛那是此刻唯一能抓住的、属于人间温暖的实物，然后拖着迅速肿胀、疼痛钻心的左脚，踉跄着、连滚带爬地朝着来路挪去……

一袋烟的功夫早过了。沈光宗磕尽烟锅里的灰烬，将烟杆揣回怀中。林子里安静得异乎寻常，不见木森回来的身影，也没听见年轻人常弄出的那种窸窣动静。一股莫名的不安攥住了他的心。

“木森——！木森——！”他朝着林子深处喊去，声音在山梁间撞出空洞的回响。

声波震动着空气，也隐隐传入木森嗡嗡作响的耳朵。他正靠在一棵树下，意识因疼痛和恐惧开始模糊。听到那熟悉而焦急的呼唤，他嘴唇哆嗦着，用尽力气挤出嘶哑的回应：“师……傅……我在这儿……”

声音微弱，但在寂静的山林里，足以指引方向。

当天色几乎黑透时，沈光宗终于将气息奄奄的木森背回到自家的院子。他小心翼翼地将孩子平放在床上，盖好被子，转身冲到屋后菜园，叫回正在锄草的妻子：“快！烧点温水试着喂他喝点！”交代完，他胡乱抹了把脸上的汗和不知何时流下的泪，又冲出门，朝着河堤方向狂奔——这个时辰，河堤上该收工了。，

他几乎是撞上了正拖着疲惫脚步往家走的林茂源。

“茂源！快！跟我走！”沈光宗一把抓住他的胳膊，声音发颤，回头就往家跑。

林茂源被他拽得一个趔趄，心猛地沉了下去：“沈大哥！出啥事了？！你说话呀！”

“进屋……进屋说！”沈光宗语无伦次，只死死拉着他跑。

一进堂屋，不用沈光宗再说，林茂源的目光已直直投向右边房间的床上——儿子躺在那里，脸色灰暗，呼吸微弱。

“木森！”林茂源扑到床前，连唤几声，儿子毫无反应。他轻轻掀开被角，看到那只肿得发黑发亮的脚踝，两个清晰的毒牙孔洞周围，皮肉已经开始变质。

沈光宗跟进来，看着林茂源瞬间煞白的脸，腿一软，几乎要跪下：“茂源……都怪我……我没看好孩子……”

林茂源闭上眼，深吸了一口气。再睁开眼时，那里面剧烈的恐慌已被一种近乎可怕的冷静压下。他截住沈光宗的话头，异常镇定地说：“沈大哥，现在不说这个。得马上送医院。”

说完，他俯身，用被子将木森裹紧，双臂一用力，将儿子背到背上。少年的身体此刻沉重得像块石头。

“我跟你去！”沈光宗急忙道。

林茂源没拒绝，只点了点头，背着儿子，迈开步子就冲进了沉沉的夜幕里。沈光宗抓过门边的马灯，点亮，快步追了上去。一点昏黄的光晕，在通往乡政府医院那崎岖漫长的山路上，巨烈地晃动着，仿佛随时会被无边的黑暗吞没。

……借着马灯昏黄的光，林茂源看到儿子左脚踝上，两个清晰的毒牙孔洞周围，皮肉已经开始肿胀发黑，黏糊糊地渗着组织液，惨不忍睹。

沈光宗提着马灯在前头照路，不住地提醒：“茂源，当心，这儿有个坎！”“左边有坑，绕一步！”林茂源背着沉重、毫无知觉的儿子，咬紧牙关，一步不敢停。汗水早已浸透他的破褂子，顺着鬓角往下淌，流进眼睛里，又涩又疼。快到贡桥时，他右脚刚踏上路基向上的最后一步石阶，左脚还没跟上，膝盖突然一软，整个人“扑通”一声，直挺挺地跪在了冰冷的石阶上。“哎呀……”他大口喘着粗气，喉咙里发出破风箱般的嘶声，“没……没力气了……”汗水成串滴落在石头上。

沈光宗察觉身后动静不对，回头一看，心猛地揪紧。他赶紧把马灯放在桥凳上，弯腰去扶：“从早上到现在，粒米未进，你是累虚脱了！”说着，不管茂源同不同意，立马小心轻慢地将木森从林茂源汗湿的背上——移到自己坚实的臂膀上，稳稳背起。“我来！你喘口气！”

林茂源想说什么，却连摇头的力气都没有了。他硬撑着站起来，提起马灯，快步赶到沈光宗前头，为他照亮前路，哑声提醒：“前面路平……还是慢点……”

过了“碉堡”山，经过黑漆漆静悄悄的粮站，乡村医院那排平房终于出现在视野里。一迈进医院大门，沈光宗就嘶声喊道：“医生！医生！快救人啊！”

值班室的张医生刚打了个盹，被喊声惊醒，急匆匆披上白大褂出来。林茂源抢上前，声音发颤："医生，救救孩子！眼镜蛇咬的！"

"眼镜蛇？！"张医生面色一凛，"什么时候的事？"问话间，他已安排着将病人安顿在唯一的值班病床上。

沈光宗像犯了错的学生，在一旁小声解释："日头偏西那会儿出的事……具体咋咬的，怕得等孩子缓过来再说。劳您先救命"他语气里满是愧疚与恳求。

张医生迅速检查木森的伤口和生命体征，眉头紧锁。当他借着灯光看清少年脸上那熟悉的疤痕时，心里"咯噔"一下：这不是乡小学王洁老师的儿子吗？大伙儿背地里都叹这孩子命苦，脸烫成那样。但当面大家从不给他难堪，一半是怜悯，一半也是敬重他母亲王老师。王老师教毕业班数学，严而有爱，在乡里颇有声望……

"小伙子真是……太难了。"张医生不自觉地低语，手下的动作更快了，"王老师……还不知道吧？"这话像针一样刺醒了林茂源。他猛地想起什么，对着张医生深深鞠了一躬："张医生，孩子就拜托您了！"又转头对沈光宗急急交待两句，便转身冲出了医院大门。

医院、粮站、乡村小学，三点一线，相距不过五百米。夜静得可怕。林茂源跑到学校宿舍那排平房前，怕惊扰他人，没敢敲门，只将干裂的嘴唇贴在糊着白纸的万字格木窗上，压着嗓门轻唤："王洁……王洁……"

王洁本就睡不踏实，闻声惊醒，披着外衣开了门。林茂源一把拉住她，走到几步开外，用最简单的话，说出了最可怕的消息。

暗夜里，王洁的身体晃了一下。没有惊呼，没有质问，只有瞬间汹涌而出的、无声的眼泪，和压抑到极至的、破碎的抽泣。她任由丈夫拉着，深一脚浅一脚，几乎是跑着冲向医院。

她踉蹌着走到儿子面前，脚不由得颤抖着，已无力支撑自己的身体，一下跪在了病床前。她抬起自己那双无力的手，一会儿摸摸那张让她疼爱的脸，一会儿摸摸那只腫胀的脚……这时的王洁，已经六神无主，只能眼巴巴地望着医生。

第五章 救治

这时，张医生已经做了初步急救处理——清创、排毒、敷上应急的蛇药，并用绷带包扎好。但具体治疗方案，还需等病人稍清醒，问明情况后才能确定。

看见红肿着眼睛、脸色惨白的王洁出现在病床前，张医生肃然起敬，语气格外温和："王老师，林叔叔，你们别太担心，我们一定尽全力。"

"谢谢……太谢谢你了，小张医生。"王洁的声音嘶哑，目光里满是期待和感激。这位张医生年轻，从专科学校毕业分来才两年，但做事认真，乡里人都知道。

张医生看了看墙上指向凌晨三点的钟，默默退回值班室，留给这家人一点空间。

林茂源和沈光宗必须赶回去了，天一亮还得出工，工分耽误不起。王洁送他们到门口，什么也没说，只是用力握了握沈大哥的手。当他再握丈夫的手时，感觉那手冰凉，却带着一种无穷的力量。

回到病床边，她在床沿坐下，细细端详着儿子。煤油灯下，那张布满疤痕的脸在昏睡中显得异常脆弱。她颤抖的手指，极轻地抚过他的额头、脸颊，最后停在包扎厚厚的脚踝上方，仿佛想隔空吸走那里的痛苦。那些可怕的画面——火塘、烫伤、落榜、如今又添上毒蛇的利齿——不受控制地在眼前闪回、交织。

她的思绪，被这巨大的恐惧和心疼拉扯着，不由自主地飘向了更远的源头，飘向这个多灾多难的孩子降生入世的那一天……

那是一九五零年，正月初三。年味还没散尽，寒意却比往年更刺骨。王洁的肚子从腊月起就一阵紧过一阵的疼，她知道，快要临盆了。

林茂源在堂屋里急得团团转，炉子上的水烧开又凉，凉了又烧开。请来的接生婆是本家的远房婶子，姓李，经验足，手也稳。她不紧不慢地在王洁身上做一些辅助动作，天色渐渐暗了下来，这时，李婶对林茂源说："茂源，怕是快了，叫亚梅去灶屋多备点热水，把剪刀、棉线在火上燎干净。这里的事，有我呢！"

里屋传来王洁压抑的呻吟，一声声，像钝刀子割在林茂源心上。他是个读书人，握笔的手，此刻却只能无措地攥紧。那时，他还没有后来的那些磨难，心里满是对新生命的憧憬，和对妻子安危的焦灼。

过程异常艰难。从午时一直到掌灯时分，王洁的力气几乎耗尽，汗水把头发浸得透湿，黏在惨白的脸上。李婶不断鼓励她，手上稳稳地帮她使劲。煤油灯的光将几个人影放大，投在板壁墙上，晃晃悠悠，像一出无声的皮影戏。

终于，在一声用尽全力的嘶喊后，一声微弱却清晰的啼哭，划破了屋里的凝滞。

“生了！是个男丁！”“恭喜奶奶，您家添人进口了！”李婶转身向奶奶道喜。她的声音带着疲惫的喜悦。她利索地处理着，将那个红彤彤、皱巴巴的小肉团擦洗干净，用准备好的软布单包好，送到王洁枕边。

王洁侧过头，看着那闭眼嚎哭的小脸，所有的痛楚仿佛一瞬间被抽空了，只剩下无边无际的柔软和虚弱。林茂源被允许进来，他第一眼看向妻子，握住她的手，心里对她说“辛苦了！”然后才看向那个小家伙，想摸摸他，手糙又冷，不敢……林茂源咧着嘴，笑得甜甜的。

李婶收拾着，看着窗外尚未完全黑透的天色，又掐指算了算时辰，脸上欢喜的笑容却慢慢地淡了，笼上了一层隐约的忧色。她走到外间，对跟出来的林茂源低声说：“茂源，孩子是正月里生的，初三，时辰也偏阴。按老话讲……正月生的娃，命硬，骨头也硬，可这路……怕是会比旁人曲折些。你们做爹妈的，往后要多费心，多担待。”

林茂源当时正沉浸在得子的喜悦和对妻子的心疼里，听到这话，只当是老人家惯有的唠叨和关切，并未十分往心里去，连声道谢：“辛苦婶子了，我们记着，记着。”

此刻，十几年后的这个凌晨，坐在儿子中毒昏迷的病床前，王洁忽然无比清晰地记起了李婶当年的那句话，记起了她说那句话时，眼中那抹无法掩饰的怜悯与担忧。

“正月生的娃，命硬，骨头也硬，可这路……怕是比旁人曲折些。”

曲折？何止是曲折。

火塘边打翻的开水壶，招生老师惊骇后退的半步，河堤上那些躲闪的打量与私语，如今，又添上这深山老林中致命的毒牙……

这一路，他的木森，何曾走过一步平坦的路?

眼泪再次无声地滚落，滴在儿子紧紧攥着被单的手上。那只手，指节粗大，布满细小的伤疤和洗不掉的漆色，早已不是当年那个婴儿柔弱无骨的小手。

它抓过滚烫的凳子，握过破石的锤子，挥舞过上树的漆刀，如今，又在无意识中，死死攥着生存的渴望。

王洁俯下身，用自己的脸，轻轻贴在那只伤痕累累的手上。

窗外，夜色更浓，离天亮还有一段时间。

王洁刚合上眼，朦胧中，听到一声极沙哑的嗫嚅：“水……水……”

她一个激灵，意识瞬间清醒——是木森！

“等着……妈在这儿，等着啊……”她一边急声应着，一边慌忙起身，轻手轻脚却步伐飞快地走到值班室门口。张医生正趴在桌上小憩，她不忍大声，只轻轻叩了叩门框。

张医生抬起头，眼里带着血丝。

“张医生，木森醒了，想喝水……”王洁的声音压得很低，却掩不住那份急切。

张医生点点头，默默递过一个搪瓷缸，里面装了半缸温热的开水。王洁接过来，连声道谢，回到床边，却嫌那水还不够凉。于是，不停地晃动着缸子，又小心地沿着缸边吹气，眼睛一眨不眨地看着儿子干裂起壳的嘴唇。

她先是用棉签蘸了水，极轻柔地在那唇上滚动，滋润着每一寸焦渴的裂缝。待唇瓣稍稍柔软，她才用小勺子，舀起一点点水，凑到嘴边试了试温，小心翼翼地喂进去。木森无意识地吞咽着，喉结艰难地滚动。

喂了几勺，王洁稍稍安心，这才有心思仔细端详儿子的脸。灯光下，她突然发现，木森脸上那些平日颜色较深的疤痕，此刻透出一种不祥的潮红。她心里一紧，伸手去摸他的额头——烫！

那温度灼得她指尖一缩，心猛地沉了下去。她转身就朝值班室跑，声音失去了平稳：“张医生！木森发高烧了，烫手！”

张医生立刻抓起听诊器，快步走进病房。他检查了木森的瞳孔、心跳、呼吸，又仔细查看了包扎的脚踝。木森在高烧中微微颤抖，呼吸粗重。

“伤口感染，引发的高热。”张医生眉头紧锁，语气严峻，“得马上处理。”他转身叫来护士，给木森注射了退烧针和消炎针。冰凉的针液推入血管，木森在昏沉中不安地动了一下。

一阵忙碌后，窗外的天色，已不知不觉地泛起了灰白。

王洁看着暂时安稳下来的儿子，对护士低声嘱托了几句，便匆匆出了医院。她先赶回学校，敲开了校长家的门，简短说明了情况，请了两天假。回到自己那间狭小的宿舍，她手脚麻利地收拾了几样东西：一小包珍藏的白糖，一个掉了漆的茶缸，然后拎起那个竹壳暖水瓶——里面还有半瓶昨夜的剩水。

当她快步赶回病房时，清晨的阳光刚好斜射进来，照亮空气中飞舞的微尘。

病房里似乎比刚才更忙碌些。张医生领着两位年纪稍长的医生走了进来，低声交谈着。他们是来会诊的。

木森的高烧在药物的作用下暂时退了些，人虽然虚弱，但意识清醒了许多。他微微眯着眼，用低沉、断续的声音，回答了医生们关于如何被蛇咬、当时的感觉等一个个问题。每说一句，都显得很费力。

张医生小心地拆开昨夜包扎的纱布。伤口暴露在晨光下：肿胀未消，被蛇牙撕裂的皮肉边缘呈现出暗淡的紫红色，渗出的组织液混合着膏药，看起来仍然触目惊心。几位医生轮流上前，俯身仔细察看，低声交换着意见。

最后，那位年纪最长的医生点了点头，对张医生说了几句，又转向王洁，语气和缓但不容置疑："王老师，孩子这是毒血未清，加上山林里不干净，感染了。现在的治疗方案是对的，但过程可能会比较长，伤口也容易反复。你们要有耐心，更要小心护理。

王洁连连点头，悬着的心，却因为这份明确的诊断和治疗方案，反而踏实了一些。她不怕辛苦，只怕没有方向。

重新清洗、上药、包扎，护士的动作干净利落。当雪白的纱布再次裹好那只脚时，木森似乎也因为疼痛的暂时缓解，真正地、沉沉地睡了过去，呼吸变得均匀了些。

王洁坐在床边的板凳上，望着儿子熟睡的侧脸，又看了看窗外彻底亮起来的天光。心里那块压了半夜的巨石，终于，微微地、晃动了一下，落下了一角。

她知道，这场仗还没打完，甚至可能才刚刚开始。但至少，此刻，她守住了儿子的呼吸。

木森在病床上，一躺就是半个月。

时间在医院白色的牆壁间缓慢流淌，被消毒水的气味、规律的针剂和昼夜不分的昏沉切割成碎片。王洁每天放学后，总是一路小跑着赶来，肩上那个洗得发白的帆布包里，除了课本，还塞着成摞的作业本。她就坐在病床边那张吱呀作响的木凳上，借着窗外渐暗的天光，或是一盏小台灯，埋头批改。红笔画过纸面的沙沙声，成了病房里唯一规律的、令人心安的背景音。

林茂源是在收工的第一时间，带着一身河堤的泥土气息和疲惫赶来。他话不多，常常只是默默地坐一会儿，看着儿子，然后从怀里掏出还温热的煮鸡蛋——那是沈光宗的妻子，木森的“师母”，每天特意煮好托他带来的。鸡蛋用旧手帕包着，剥开后，蛋白光滑，蛋黄温软。

这些细碎而坚实的温暖，像看不见的丝线，将病床上的木森与那个他几乎要坠落的冰冷深渊，牢牢系住。他常常看着母亲低垂的侧脸，或父亲那沉默宽厚的背影，眼眶发热，心里却象含着一块慢慢化开的冰糖。

“再过几天，伤该好些了吧……”一天午后，阳光灿烂，透过窗户照在木森的脸上。木森感觉身上松快了些，他试着坐起来，轻轻摸了摸依旧厚厚包裹着的脚踝。那里不再有灼烧般的剧痛，只剩一种深沉的、顽固的胀麻。“出院后，我得加倍干活，割更多的漆，把这阵子耽误的，还有爸妈、师傅师娘的情，都补上。”他在心里对自己说。随即，一个更庆幸的念头涌上来，他不由得喃喃出声：“多亏了张医生他们……硬是，帮我把这条腿，留住了。”

这“留住”二字背后，是过去半个月里，另一场惊心动魄地搏斗。

就在上周，本以为已经闯过鬼门关的木森，体温毫无征兆地再次飙升。接下来的几天，就象一场残酷的拉锯战：烧得浑身滚烫，意识模糊；用了药，汗出如浆，温度暂时退却；可没过多久，那邪恶的热度又卷土重来……反复的高烧，消耗着他本就虚弱的体力，也煎熬着所有人的心。

最黑暗的时刻来临了，一次紧急会诊后，有医生面色凝重地提出了那个残酷的可能性：为了保住生命，防止感染和毒素进一步扩散，或许……需要考虑截肢。

“截肢”两个字，像两块冰，瞬间冻住了病房里所有的空气，然后砸下来，将木森直直砸向看不见底的深渊。他仿佛能听见自己骨骼断裂的脆响，能看见未来杵着拐棍，空着一截裤管的模糊身影。绝望像冰冷的潮水淹没头顶，他在窒息的恐惧中，于心底最深处，迸发出一声嘶哑的、绝决的呐喊：

“不！不！绝不！！”

那呐喊虽未出口，却在他骤然收缩的瞳孔和攥得发白的指关节上显露无遗。一旁的王洁死死捂住嘴，眼泪奔涌而出；林茂源背过身去，肩膀难以抑制地颤抖。

这时，张医生走了过来。他没有说那些空泛的安慰话，而是在床边坐下，伸出手，轻轻搂住木森因高烧和激动而颤抖的肩膀。木森的肩膀单薄，骨头硌手。

“木森，”他的声音不高，却异常清晰、有力。“别怕。我们都在这里，我们会一起想办法。不会放弃，任何办法都不会轻易放弃。”

这句话，像一根结实的绳索，将即将溺毙的木森，拉回了呼吸的边缘。

张医生随即和几位同事回到了办公室。门关上了，争论声隐约传来。他们仔细复盘：从被咬到送医，中间耽搁的时间太长；简单的野外处理无法清除深入组织的毒素；反复高烧，正是身体免疫系统与残留毒素及继发感染激烈交战的表现……

“危险期其实已经熬过来了。”张医生坚持着自己的观点，声音沉稳，“现在的问题，是清除余毒和控制感染。西药消炎退热固然要紧，但或许可以试试中西医结合。用中药调理，扶正祛邪，慢慢把体内的毒拔出来。

这个过程需要时间，也需要病人和家属极大的耐心和配合，但……值得一试。”

他的分析条理清晰，那份不轻易言弃的坚持，最终赢得了同事们的认同。截肢的方案，被暂时搁置了。

……

想到这里，木森长长地、缓缓地呼出一口气。那口气，仿佛将这半个月来积压在胸腔里的恐惧、挣扎、痛苦，都带出了些许。虽然脚上的伤依旧沉重，虽然未来康复之路注定漫长，但“保住腿”这个事实，以及那份被尊重、被竭力救治的温暖，让他感到一种劫后余生的、虚脱般的轻松。

阳光移到了他的被子上，暖洋洋的。

木森轻轻掀开被子，定了定神，开始尝试移动那条受伤的腿。

过去一周，按照张医生定下的新方案，每天一碗浓褐苦涩的中药，搭配着照常服用的西药，双管齐下。药力似乎渐渐起了作用，那场反复燃烧的、要将人烧干的邪火，终于偃旗息鼓。伤口处撕心裂肺的锐痛也隐去了，取而代之的，是一种深埋在骨肉里的、顽固的胀痛，像被塞进了浸水的棉絮，沉甸甸的，但至少，可以忍受了。

“想下床了？”王洁刚从学校赶来，手里还沾着粉笔灰，一眼就看穿了儿子的心思。

“嗯，想……下来走两步试试。”木森抬起头，眼里有满满的期待。

王洁看着儿子，又看了看那只裹得像巨大白粽子似的脚，心里有些为难，但更多的是不忍拒绝这份渴望。她走过去，没有立刻搀扶，而是先帮着他，一点点将那条沉重的腿挪到床沿，再极缓慢地，将它垂下去。脚上厚厚的纱布还没拆，根本穿不进鞋。王洁马上脱下自己脚上那双半旧的布鞋，放在地上。

“来，轻轻踩上去，试试看，脚底板能不能吃住一点力。”她的声音很轻，像是怕惊扰了什么。

木森点点头，屏住呼吸，将那只缠满纱布的脚，轻轻踏在柔软的布鞋鞋面上。胀痛立刻清晰地传来，但与此同时，一种久违的、脚踏实地的触感，也从脚底升起，透过层层纱布，微弱却坚定地传了上来。

他试着将身体重量慢慢转移过去。一点，再多一点。胀痛加剧了，但他的膝盖没有打弯，身体也没摇晃。

然后，他做了一个让王洁险些惊呼出来的动作——他松开了原本撑着床沿的手。站住了。

虽然重心大部分还在那条右腿上，虽然受伤的脚只是虚虚点地，但他确实，独自站稳了。

一股难以言喻的热流猛地冲上眼眶，木森转过头，声音因为激动而有些发颤，几乎是喊出来的："妈！我能站了！我站起来了！！我可以出院了！"

就在这时，门口传来了带着笑意的声音："看来是关不住了。"张医生不知何时来了，倚在门框上，眼中带着欣喜，"照这个恢复势头，再有两天，确实可以回家养着了。"

他走过来，很自然地伸出手，像对待自己的弟弟那样，揉了揉木森有些蓬乱的头发，那动作里有一种大哥哥特有的、粗糙的温情。

"不过记住了，出院只是开始。药不能停，尤其是中药调理，得坚持。脚要慢慢用，不能逞强。伤筋动骨一百天，你这可比伤筋动骨麻烦多了，得有耐心。"

"嗯！我记住了！谢谢张医生！"木森用力点头，看着这位将他从截肢边缘拉回来的医生，眼神里满是感激与尊敬。

阳光从窗户倾泻而入，将病房里漂浮的微尘照得颗颗分明，也落在木森挺直的脊梁和母亲早已湿润的眼角上。希望，如同这午后阳光，终于实实在在，照在了身上。

第六章　家校

黄昏时分，林茂源蹲下身子，将木森稳稳背了起来，对正在窗口办理出院手续的王洁说：“我们先走，路上走得慢。”

王洁点头，目光落在手中的账单上，眉头却不易觉察地蹙紧了。那数字不大，但对这个刚缓过一口气的家来说，却像是一块搬起来沉手的石头。她摸了摸口袋，钱不够。短暂的慌乱后，她想起了张医生，或许……可以请他帮忙说句话，打个欠条，等发了工资立刻补上。

她转身快步走向诊断室，有些难为情地说明了情况。张医生静静听完，没多问一句，只点点头：“王老师，跟我来。”

他领着王洁回到缴费处，低声同办事员交谈了几句，转身时，脸上带着温和的理解：“说好了，按您说的办，写个条就行。”

王洁心头一热，仿佛卸下了重担，连声道谢：“张医生，真不知怎么谢你……”

“快回去吧，孩子等着呢。”张医生轻轻地摆着手。

王洁追出医院大门时，暮色已浓。她很快赶上了前面的父子。

“爸，这段路平，让我下来试试自己走。”木森伏在父亲背上，小声请求。

“不行！”林茂源口气很硬，脚步没停，“伤筋动骨，最忌逞强。”

王洁也跟上来，语气缓和却很坚定：“木森，回家后，第一是养，张医生的话要记牢。第二，正好趁这时间，把书读起来。”她拍了拍肩上那个洗得发白的挎包，“我去县里给学生买书时，给你带了初一的语文和数学。两个妹妹的课本也备下了。往后，你爸可要更忙了。”

“忙点怕什么？”林茂源接过话，声音在昏暗里显得沉稳有力，“只要他们肯学，我就肯教。你知道，我也在讲台上站过些年头。”

木森不再说话，把脸轻轻贴在父亲汗湿的、微微佝偻的背上。

走到家门前那座山脚下时，天已黑透，真正的伸手不见五指。王洁拧亮手电，一束昏黄的光劈开黑暗，照着崎岖的上坡路。林茂源背着儿子，每一步都踩得沉重而扎实，喘息声在寂静的山野里格外清晰。

伏在背上的木森，听着父亲粗重的呼吸，感受着那缓慢却从未停下的脚步，心里先是涌起一阵酸楚的自责，怪自己又给这个家添了这么大的负担。随即，一种更灼热的情绪压过了自责，他在心底对自己、也对这片漆黑的山野发誓：

等脚好了，我要豁出命去干活，割漆，挣工分，攒钱……一定要在山脚下，给爸妈盖一间结结实实的、亮堂的砖瓦房。

推开吱呀作响的家门，一股混和着柴火气的清甜的煮洋芋味道扑面而来，瞬间包裹了满身寒露的一家人。两个妹妹早就等在屋里，忙迎上来，搀着哥哥在正屋的草凳上坐下——那是当年用最好的稻谷草编的，厚实，柔软。

四妹端来一碗热气腾腾的汤洋芋，笑眯眯地走到哥哥跟前："三哥，快吃，锅里还有！"

木森接过碗，热气熏着眼："一进门就闻着香了，还是你做的味儿最好。"妹妹被夸得有点不好意思。

五妹也挨过来，小手轻轻摸了摸他腿上厚厚的纱布，仰起脸，眼睛里盛着怯生生的担忧："三哥，还疼得厉害吗？以后……走路会用……"

这问题问出了所有人的心事。屋里短暂地静了一下。

"没事儿，"木森咧咧嘴，努力让笑容看起来轻松些，"张医生说了，好好养，能好利索。"

这善意的谎言，让屋里的气氛稍稍一松。简单的饭菜，温暖的草凳，亲人围坐在一起，茅草屋里久违的、安稳的倦意弥漫开来。这一夜，一家人睡得格外香。

天刚蒙蒙亮，这个家便像一台精密的机器，各就各位地运转起来。两个妹妹在灶屋忙碌，林茂源拎起弯刀上了后山，王洁则拿出那摞崭新的课本，在扉页上一笔一划，认真写下三个孩子的名字。今天是星期天，王洁想，这第一堂课，得由她来开这个头。

她走进儿子房间时，木森已经自己穿好衣服，靠着墙坐着了。她扶着儿子洗漱完，在灶屋的饭桌旁坐定。两个妹妹也收拾停当，坐下来，眨巴着眼睛看着母亲。

王洁清了清嗓子，目光扫过三个孩子渴望的脸，宣布了“家校”的“教学安排”：时间、内容、要求。话语简单，却像一颗火种，投进了干涸的心田，三个孩子的眼睛，立刻被点亮了，那光芒，远比他们面前那盏煤油灯要亮。

林茂源砍完柴回来，一家人围坐在那张既是饭桌、也是书桌的长条木板旁，安静地吃完早饭。收拾碗筷时，林茂源对正在给孩子们分发书本的王洁说：“你这样安排很好。星期天你来给他们上课，平日下工后我来上。只要他们用心学，就不怕学不到东西。”

三个孩子听着，郑重地点头。

林茂源出门往河堤去了。王洁让三个孩子坐正，书本在“书桌”上摊开。

“木森，你先自己预习第一课，生字词做上记号。”她说完，转向两个从未进过校门的女儿，语气变得格外轻柔，“我们今天，从最简单的笔划开始——点、横、竖、撇、捺……”

她的声音不高，却清晰通透，像山涧溪流，涓涓地淌进孩子们心里。她一笔一划地在本子上示范，握着两个女儿的小手带她们感受运笔。教完基础笔划，又让她们从“描红”开始，练习“天、地、人、和”四个最简单也最宏大的字。

木森那里，进展快得多。他底子好，又爱看书，一篇课文读下来，竟畅通无阻。王洁听他流畅地朗读了一遍，眼中露出赞许。她没有停留在课文表面，而是轻声讲起了文章背后的时代风烟、作者的坎坷生平，引导着他去理解字句深处的脉络与情感。

母亲讲得投入，儿子听得入神。这间简陋的茅草屋里，知识的光芒第一次如此系统、如此明亮地照耀下来。这方小小的“家庭课堂”，其严肃与专注，丝毫不逊于任何一所有着高高围墙的正规学校。

平日里，爸爸上工去了，木森在家里督促妹妹写字、读书，俨然一个小老师的样子。待妹妹做完家务休息时，木森又会给两个妹妹讲《龟兔赛跑》、《农夫和蛇》……的故事，还教她们唱很多儿歌。动情的时候，自己也会高歌一曲—— 《洪湖水浪打浪》，他的歌声很动听。

这些日子，木森很开心。身体慢慢恢复，心里盼着快快进山，希望自己的誓言早日实现。

希望，有时就诞生于最贫瘠的土壤，和最不屈的耕耘里。

第七章 立身

时光在山林间绕了几个弯，木森脚上那骇人的肿胀与疤痕，终于在汤药、时光和他倔强的生命力面前慢慢败退下去。虽然走远路时，左脚仍会很痛、很胀；在天气发生变化时，这只脚会先于身体感知天气的阴晴，留下一丝酸胀的提醒，但毕竟，他如今能稳稳地站在地上了。

他重新背起了漆桶，握紧了漆刀。再次站在那棵曾让他遭遇厄运的漆树下时，沈光宗什么也没说，只是用力拍了拍他的肩。那一拍，重若千钧。从此，山林间那个沉默而灵巧的身影，变得比以往更加专注，也更加沉稳。他下刀的角度愈发老练，收割的漆液愈发丰厚，仿佛要将曾经流失的时间与健康，都从这大山的"血脉"里，加倍地讨要回来。

家庭的"学堂"从未熄灯。煤油灯下，木森如饥似渴地吞食着父母传授的一切。父亲林茂源讲《史记》里的列传，会联系起当下的世道人心；教算术，会引申到生产队的工分核算。母亲王洁的语文课，则为他打开了另一个情感丰沛的世界。知识像甘泉，悄无声息地浸润着他，弥补了身体上的残缺，让他的眼神日益清澈、沉静。

更深刻的教育，来自父母和师傅的日常言行。林茂源即便在劳动改造中最困顿的时候，也从未对乡邻失过礼数、丢过自尊；王洁对学生、对家人无尽的耐心与责任感；沈光宗那种山民式的纯朴、信义与毫无保留的授业之恩……这些，比任何书本都更直接地塑造了木森骨子里的东西：实诚、仁义、与人为善。

他开始不仅仅是沈光宗的徒弟，更成了沈光宗在山林里的另一双眼睛、另一副手脚。他记得哪片坡的漆树汁液最浓，会在雨后提醒师傅小心青苔；他会在歇息时，用沟边的湿泥捏出惟妙惟俏的小动物，逗得愁眉不展的师傅开怀一笑；他渐渐学会了如何与进山收漆的供销社干部打交道，不卑不亢，账目清晰得让人挑不出毛病。

他帮独居的婆婆把水缸挑满，却不声张。队里分粮算账有糊涂账时，他心算就算得又快又准，让人心服口服。谁家有个红白喜事、写信念信的难处，只要找到他，他总能给你办妥帖。他那布满疤痕的脸，起初让人惊惧或同情，但慢慢地，人们记住的，是他眼里热诚的光，是他话语里的实在与智慧，是他那双永远愿意伸出来帮助他人的、带着漆疤的手。

手艺，成了他另一张无声的名片。

一次，他挑着生漆去供销社交售，路过谭家湾时，被有名的细木匠谭老大瞧见了桶里漆液的光泽。“后生，你这漆，成色正啊！”谭老大唤住他，“我这儿给闺女打了套嫁妆，正愁没好漆。你能帮忙上上漆吗？工钱好说。”

木森没有立刻应承，只道：“谭伯，我得先看看木质，再试试漆性。”

他去了谭老大的作坊，看了那套用香樟木打的精致家具，又用自带的小刷子，在家具不起眼的角落薄薄刷了一层。待漆干透，光泽温润，木纹尽显。谭老大盯着那漆面，看了好一阵，然后用力一拍木森的肩膀，竖起粗实的大拇指：

“好！好！没拜过师，能把这手艺摸到这份上，你是这个！心里有谱，手上才有准头。这活儿，交给你我一百个放心！”

木森憨笑着，心里对着谭伯道：“就凭你女儿翠姐和我大姐的交情，我也会尽其所能！”

那几天，木森就在谭家弯静心干活。他漆得极仔细，每一刷都匀净饱满。完工时，整套家具光可鉴人，沉稳华润。谭老大一家赞不绝口，工钱给得厚实，话也传得响亮："林茂源那儿子，人实在，心地善良，手艺出众，是个敞亮通透的手艺人！"

"林家小子会漆一手好家具"，这话风一样地散开了。木森的手艺名声，从此跳出了山林，在鸭河沿线的坝子里扎下了根。

他的"好名声"，像山间的雾气，不知不觉弥散得更开、更广、且深入人心。"林疤子"这个称谓，在方圆百里的口耳间消失了，而是变成了一种混着疼爱、亲切、信任与佩服的称呼——林家那小子。

家境也在悄然变化。父亲林茂源头上的那顶无形的"帽子"似乎随着时间的推移在慢慢松动，不再压得人完全喘不过气；母亲王洁的教学成绩有口皆碑，微薄的工资是家里最稳定的进项；而木森割漆挣的工分和偶尔因超额完成割漆任务得到的零星奖励，还有利用休息时间干的漆活收入，如涓涓汇入的溪流，滋润着这个家。饭桌上，能见到稍多的油星了；夜里，灯下的叹息少了；父母眉间的结，明显松了许多。

又一个春日，天朗气清，山花烂漫时。木森在饭桌上，说出了那个压在他心底多年的想法。

“爸，妈，”他放下碗筷，声音平静而坚定，“我们……在山脚下，盖间房子吧。砖瓦的。”屋里瞬间安静了。两个妹妹瞪大了眼。林茂源和王洁对视着，从彼此眼中看到了同样的震惊，以及震惊之后，缓缓升腾起的、复杂至极的波澜。

“钱我算过了。”木森像早已筹划了千百遍，条理清晰，“我这两年出门做漆活也攒了些，队里今年结算还要分点。砖瓦和木料，师傅认识窑厂和伐木队的人，能按实惠价卖给我们。人工……我都想好了，平时我们家帮过忙的乡邻们，我一个个去请，管饭就行，这是大家订的规矩。慢慢盖，不会债台高筑。”

他没有说出口的是：这房子，应依山面水。背靠大山，心里踏实；面朝鸭河与稻田，让父母每天推开窗，就能看见阳光洒满谷地；不再背着口粮爬那陡峭的山坡……这是他三岁被烫伤那年就注定无法实现的安适，是他十三岁被县中拒录后暗自发下的血誓，是他从蛇口逃生后，在父亲汗湿的背上立下的无声承诺。

林茂源看着儿子，心里想着：“家庭成份不好，害怕孩子们在山下惹祸、受欺负，才在山上建了茅草屋住下来，求个清净……”他看着、听着，眼眶湿了，喉结滚动。他感到世道在变化，儿女也争气……思考良久，才重重吐出一个字：“……盖！”

动 工那天，出乎所有人的意料。不仅沈光宗带着他的几个堂兄弟来了，队里不少受过木森帮助、或单纯敬重这一家为人的乡亲，都扛着工具来了。甚至那位曾经拒绝录取木森入学的县中赵主任，不知从何处听说了木森建房的消息，也托人捎来了二十块钱和一封简短的信，信上只有一句话："此子心性，胜过面相万千。"

夯土的号子声，第一次为这个家庭，在这片土地上坚实、欢快地响起。木森是最忙碌的一个，他跛着脚，却穿梭不息——递烟、端茶、协调物料、计算尺寸，脸上疤痕泛着红光，眼睛里烧着两团火。

王洁带着两个女儿，负责十几号人的伙食。饭菜简单，没有山珍海味，只有木森从鸭河里摸起来的草鱼，只有两个妹妹养的猪宰后炕的腊肉……。炊烟从临时搭建的土灶上升起，欢声笑语里混合着新翻泥土及原生木料的清香。

林茂源没有干重活，他背着手在工地上慢慢踱步。他看着儿子从容指挥的身影，看着那些乡邻真诚的笑脸，看着那在阳光下一点点垒起的坚实的砖墙。他走到无人处，仰起头，对着湛蓝的天空，让山风把眼底的热意悄悄吹干。

深秋，稻浪翻金时，一幢结结实实、亮亮堂堂的青砖瓦房，在山脚下稳稳地立了起来。它没有多余的装饰，但门窗方正，屋顶的瓦片在夕阳下流淌着一片温暖的釉光。

搬家的那一天，木森最后一个离开山腰的茅草屋，他锁上那扇吱呀作响的破木门，转身离开，没有回头。

在新房的堂屋里，林茂源摸着粉刷平整的白墙，久久不语。王洁则从一个房间走到另一个房间，摸摸窗框，看看透亮的大窗户，眼泪终于忍不住滑落下来。

木森从山上下来，远远望见自己的新家。它背靠着青翠苍茫的山体，面对着美丽开阔的田野，在暮色中显得那么安定、稳健。宛如一个人，端端正正地坐在一把宽大坚实的椅子上。他心中那股奔波多年的风，忽然就静了。

木森回到新家的院子里，又望了望那条通往山腰的老路。誓言实现了，但心中并无狂喜，只有一种深沉的、近乎疲惫的平静。他知道，这座房子，是他用伤痕、汗水、品行和整个家庭的脊梁，从命运手里，一寸一寸挣回来的。

它不止于遮风避雨。

它是一个宣言，向这片沉默的土地宣告：那个脸上带着火痕、命里带着寒意的木森，终于用自己的方式，站稳了。

第八章 风起鸭河

开春后，鸭河的水依然不多，即便连下几天春雨，也涨不起多少气势。文革期间，造反派喊着“破四旧”的口号砸坏了“贡桥”的部分桥墩，这才刚刚修好。此时的河水流过新旧不一的桥墩，那声音听起来与往年迥异——不只是水声，更多的是夾杂着桥上歇脚人嘴里热切播送的“新闻”：“听说了吗？有红头文件下来，全国的地、富、反、坏、右……帽子，一风吹了！”

“他们子女的档案里，也不让再写′可教育好的子女′了……”

“那年造反派斗林茂源，硬是把木森弄去陪斗，说他是狗崽子。他们父子光着膝盖跪在那些碎瓷片上，出了好多血。不忍心看啦……”

这些话撞击在陈旧和新补的桥板上，回音交织，嗡嗡地弥漫在河面上，悄悄地叩击着每一个过往行人的心。

木森蹲在桥下的水边，浇着河水磨他的漆刀。沙沙的摩擦声里，他听见两个歇下担子的货郎压低声音的嘀咕：

“……县城东门口，有人摆摊卖自家做的竹椅子，真没人管？”

“谁还管？上头下文了，那叫′搞活经济′！只要不偷不抢，正经买卖……”

声音低下去，被一阵清脆的自行车铃铛盖过。木森抬起头，看见一个穿着褪色军装、却戴着一块崭新手表的中年人骑车掠过，车后架捆着鼓鼓囊囊的麻袋，不知装的是什么紧俏货。来来往往的人流里，骤然添了许多陌生的面孔，他们步履匆匆，眼神里有一种久违的、却又陌生的亮光。

木森下意识地停下磨刀，水中的倒影晃了晃，那张疤痕纵横的脸，映在浮着新绿柳絮的河面上。他忽然想起昨晚父亲的话。父亲说这话时，没看他，只望着窗棂外刚冒头的月亮，然后，手轻轻摸了摸自己已显稀疏的头顶：“这头上……没帽子压着，是轻松了。可我这一辈子，算是绑在这片土地上了。你不一样。你的路……该比鸭河长，比田埂宽。”

风从河下游缓缓吹来，暖洋洋的，裹挟着一股他从未闻过的、属于远方的尘土与陌生物品的气息。他攥紧手里的漆刀，冰凉的铁器竟也沾上了阳光的温度，微微发烫。

想着父亲的话，木森拖着那条快不起来的腿，起身离开贡桥，翻过“碉堡”山，来到了乡小学。母亲王洁已走出文革时被停职劳动改造的阴影，重新活跃在她挚爱的讲台上。

“木森，你怎么来了？”

“我去铁匠铺看看刀，顺路来看看您。”木森深情地望着母亲。

“我好着呢，别惦记。早点回去，我还有一堂课。王洁微笑着，用力拍了拍儿子结实的肩膀，转身走进了教室。

从学校出来，刚过粮站，公社广播站的大喇叭声便劈头盖脸涌来。那声音高亢、有力，播送着前所未有的词句：“分田到户……自留地……万元户……搞活经济……”每一个词都像一块石头，投入木森本以为早已波澜不惊的心湖。

走到供销合作社门口那块说大不大、说小不小的坝子时，眼前的景象让他怔住了。昔日的冷清荡然无存，取而代之的是人头攒动，声浪嘈杂。他第一次如此真切地听到那种属于集市的声音——尖锐的讨价还价、叮铃铃的自行车铃声、天南地北的陌生口音在吆喝；第一次看见地上摆开这般的阵仗：竹篮里的鸡蛋、红苕、洋芋、玉米，洗得水灵灵的各式蔬菜，还有时令水果、扑腾的活鸡、蜷缩的活兔……空气里弥漫着泥土、牲口和一种勃勃生机的浑沌气息。

这与山林的寂静、生产队出工哨声的单调，截然不同，仿佛两个世界。

木森感到自己体内的血，蓦地加快了流速，轰响着冲向耳膜。心底那股蛰伏多年的、无法名状地冲动，再也按捺不住。他毫不犹豫地挤出摩肩接踵的人群，脚步急切地迈向铁匠铺，买下了一把略重的、闪着青光的崭新割漆刀。握在手里，像握住了某种确凿的凭信。

返程再经贡桥时，他在桥凳上坐了片刻。望着脚下不舍昼夜地流却依旧不多的河水，又望望桥上桥下比往日多了数倍、面色鲜活的行人。

他站起身，用力跺了跺那只天气一潮就发酸的左脚。熟悉的胀痛传来，却仿佛成了某种燃烧的引信。

是时候了。

他对自己说。

是时候，拖着这副伤痕累累的躯体，到那片更喧嚷、也更未知的广阔天地里，亲自去丈量一下了。

第九章　渡口

夕阳压到西山脊时，木森已走到家门口那片稻田的河堤上。晚风拂来，细软的柳枝摇摆不定，摸不清方向似的，竟有几分像他此刻的心绪——被风吹动了，却不知该朝哪边飘。

这时，两个身影从堤坝那头迎面走来。近了一看，是谭老大，身边跟着个面生的年轻人。

“谭叔，你这是上哪儿去？”木森停下脚步，恭敬地问。

“专门找你来的。”谭老大嗓门敞亮，一把将身旁的年轻人拉近，“这是我屋里人娘家的亲侄儿，从外省的一个小地方来。在我家见了你漆的那套家具，服气了！非要我引荐不可，想请你去他那儿，帮着给一批家具上上漆。”说完，目光殷切地落在木森脸上。

那年轻人赶忙接话，带着外乡口音：“师傅，我们那儿这样的活儿不少，工钱……比这里要多些。”

木森听着，那颗连日来被新风潮吹得悬空晃荡的心，忽然像颗石子，扑通一声，沉到了实处。一个具体的机会，具体的活计和可观的报酬，落在了眼前。

“谭叔，我应承去。”他声音不高，但很清晰，“不过，还得回家跟爸妈商量一声。”

“等你信！我侄儿还有两天才动身。”谭老大用力拍拍木森的肩膀，笑容里带着鼓励，“凭手艺吃饭，走到天边都不怕。你娃的好日子，怕是真的要来了。”

回到家，木森把镇上的所见所闻，连同谭老大的邀请，一五一十说给了父亲听。林茂源听罢，先是沉默，眼底却慢慢漾开一层几乎难以觉察的、如释重负的欣慰。他不由得自语道：“这道……看似越走越宽广了。”转头问儿子，“你自己咋想？”

“我想出去。”木森的回答没有犹豫，“想走出鸭河，看看外面的天地。”

“既然定了，我支持。”林茂源点点头，“你妈那儿，我去说。”

第二天，王洁从学校回来，一听此事，喜忧参半。喜的是儿子有了出息，能凭手艺挣钱走天下；忧的是他要走得更远——那瘦弱单薄又带伤的身子，要在人生地不熟的外乡漂泊，得吃多少苦？

临行前一晚，母亲王洁在灯下默默为他整理行装，衣服叠了又叠，仿佛多抚平一道褶皱，就能为儿子多挡去一路风尘。父亲林茂源将那本翻旧的《史记》递过来，书皮已摩挲得发软：“外面世界再新，做人做事的根本还是老的规矩。有空翻翻，心里有底。”

师傅沈光宗也来了，没多话，只将一包用油纸裹得严严实实的生漆样本塞进他行李最底层："带上，这是漆匠的根，也是你的胆。"

末了，师傅拉他一把："走，还得去大队部说一声，你出远门得有个交代。"

师徒二人踏着夜色往大队部走去。那排平房墙壁上，旧标语被风雨啃噬得斑驳不堪，新刷的标语墨迹还未干透，在月光下泛着新鲜的潮 气。大队长和支部书记都在，像是 约好了，话也说得暖心："木森啊，你实诚，能干，有手艺！如今政策允许，出去闯闯，给咱鸭河争口气！""挣钱不容易，凡事多留个心眼。安全最要紧，人好好的，比啥都强！"木森站在那儿，听着这些过去难以想象的鼓励与叮嘱，喉咙发紧，只能不住地点头，把那份诚挚的暖意，一点一点，夯进心底。

第二天早上，天还黑着，一家子就全醒了。王洁灶间的火光亮得最早，锅里焖着木森最爱吃的猪油烘洋芋，香气浓郁、厚重，能填满所有离别的空隙。两个妹妹破例没去后院菜地，守在哥哥身边。林茂源一遍遍检查行李，嘴里念念有词，生怕漏了哪样要紧东西。

木森站在渐渐亮起来的天光里，目光缓缓掠过这个家的一砖一瓦，一草一木。那幢他拼尽全力盖起的砖瓦房，此刻静默着，像是母亲温存的怀抱，又像是父亲宽厚的脊梁。

他有千万个不舍，却把话都抿在了唇齿之间。

约莫半个时辰后，晨雾将散未散，木森背上行囊，朝着等在村口的谭家侄子那道陌生的身影，迈开了步子。他踩过沾满露水的田埂，没有再回头。

身后，是故土与至亲；前方，是外省的一个小地方。

鸭河与贡桥，是他生命的第一个渡口；而此刻，他正把自己当成一条船，解了缆，驶向人生真正宽阔的、充满风浪也充满希望的未知水域。

第十章 赴约

经过几天徒步跋涉，木森他们终于到了那个小地方的县城。这地方处在鄂、陕、渝三省交界的褶皱里，秦岭——大巴山的余脉到此已变得陡峭而纷乱。天色向晚，木森对谭老大的侄子——刘建国说：“今天就歇在县城吧，明早再往你家赶。”

“要得。我们县里山地多，坡陡沟深，夜路不好走。”刘建国是本地人，说得在理。

他们寻了家便宜小旅馆。柜台后坐着个织毛衣的阿姨，带一口川音。见两人进来，她抬头一瞥，目光在木森脸上顿住，手里的毛线活便慢了下来，神色里多了层隔阂。

木森走到柜台前，语气平静：“阿姨，我们住一晚，麻烦您安排一下。”

那女人缓缓抬头，眼神在他脸上扫了几个来回。

“阿姨莫怕，”木森的声音依旧平稳，“是小时候烫的。”

女人像是被这句话惊醒，忙放下毛衣走出柜台：“没得事，没得事……跟我来。”她边引路边自言自语般说道：“我是在四川出生、长大，湖广填四川时祖上去了那里。前些年，我们又迁回来了……”

这一带，多是这样流动的烟火。明清的移民、陕南川东的迁徙者，与本地的根须交错生长，形成了此地独有的混杂与坚韧。

天刚蒙蒙亮，两人便踏上了去渡口的路。山地、丘陵、狭窄的河谷在晨雾中渐渐变得清晰起来。一路尽是爬坡过坎，山梁陡峭，沟壑幽深。木森脚底早已磨出水泡，那只受过蛇伤的左脚，肿胀伴着酸疼，一步沉似一步。原计划半夜前能到，如今却是实在挪不动了。

“就将就一下，在那岩洞里避避吧。”木森忍着痛，指了指前面路边一个浅岩洞，形如帽檐。

刘建国也累，但他年轻，身子骨完好，尚能支撑。那岩洞旁有一线山泉潺潺流下，木森用树叶折成接漆盒的模样，掬水痛饮。两人喝着泉水，啃着干粮，吃饱喝足。疲惫如潮水涌来，他们背靠背倚着岩壁，在虫鸣泉响中沉沉入睡。

第二天日头偏西，刘建国才将木森带进自家院子。他父亲叫刘耕地——一个朴拙到近乎可笑的名字，却承载着农家最本分的盼望。因排行老二，乡人多唤他刘老二。刘老二初见木森，眼神里的惊诧与旁人无异，但他年长，又是主人家，惊诧很快被客气包裹，客气里还掺进一丝不易察觉的怜惜：

“小伙子，先歇两天再动工，有什么难处，尽管开口。”

“谢谢刘叔，睡一觉就好了。明天就能干活。”木森答得干脆。

刘老二闻言，点头应道：“依你，明天开工。”

这个县的手艺行当里，石匠、木匠、泥瓦匠根基最深，尤以渡口木工闻名。刘老二便是其中一把好手，自家有作坊与销路，独独漆工一环薄弱。木森一来，便拿出了自己“偷师学艺”践行过的全部本事，倾尽心力，日夜赶工。待到最后一件家具漆面光润如镜，正是个晴朗的好天。

刘老二来到作坊，抚摸着光可鉴人的家具，赞叹不已：“你这手艺，方圆百里挑不出第二个！”他用力拍拍木森肩膀，“今天必须下馆子，好好谢你！”说完，拉着木森便朝街那头走去。

渡口镇沿河而建，只一条主街，像扁担般“一”字展开。它是四里八乡的物资码头，农货集散地，通往县城与外界的咽喉。街上有粮站、供销社、邮局、卫生院、学校，也有面馆、饭店、烧饼摊和杂货店。沿街两侧，蹲坐着卖鸡蛋、菜蔬、山货、活禽的农人，市声嗡嗡，尘土在阳光里浮沉。这景象竟与家乡供销合作社门口的坝子情况有几分相似。木森正走着，目光却被供销社砖墙上一张醒目的红纸告示吸住了。黑字写着："修建渡口桥，鼓励承包，群众投工投劳。"

一群人围看，议论纷纷。

"这河凶得很，前几年发水，渡船都翻过。"

木森站在人群后，看了很久。他脑子里翻腾的不是洪水，却是桥。桥墩该怎么落？水急，得围堰。石料要选硬的，敲起来声音要脆。桥梁不能轻，轻了压不住浪……一连串念头，如泉涌出。他忽然转身，对刘老二说："刘叔，饭不吃了，我得赶紧回去。"

不等对方回应，他已折返，脚步比来时快了许多。

回到住处，木森彻夜未眠。油灯下，他在随身带来的草纸上一笔一笔勾勒，汗水滴在纸上，晕开一小片湿痕。河道宽度、水位深浅、桥墩位置、石料堆叠方式……那些在鸭河堤坝上积累的模糊经验，与眼前这条陌生河流的想象，交织成了一幅具体的版图。

次日一早，木森寻到了镇政府。他将图纸摊在办公桌上，手指压着纸角，声音因缺眠而沙哑，但异常清晰："我要承包修建渡口桥。"

管事的人打量着这个面有伤痕、脚跛的年轻人，又看看桌上那副详尽得惊人的手绘图，将信将疑。一位县里来的技术员被请来看图，他俯身端详良久，抬头对管事的人说了一句：

“这人懂。”

于是，承包渡口桥修建的事，就这么定了。

第十一章　渡口桥

渡口镇从未这么热闹过。集市上的叫卖声、自行车的铃铛、运货车的轰鸣，都压不住人们关于“桥”的议论。

“听说了吗？包下建桥的是个外乡人，脸上有疤，脚还不利索……能成事儿？”

“我们这渡口啊！自古就是衙门设的，担着官道和物资转运，这桥的份量，重呢！”

“现在的木桥、浮桥、摆渡，早不顶用了！汛期一来，更是提心吊胆。这桥，非建不可！”

也有人摇头叹息：“杞人忧天。谁包，怎么包，上头自有安排。再说了，人不可貌相，海水不可斗量。那外乡人，说不准真有过人之处。”

声音嗡嗡地汇入市井的喧嚣，最终都流向了那个在河边忙碌的、沉默的身影。

渡口河边，是另一种热闹。干部、投劳的群众、石匠、木匠、泥水匠……各色人等聚在一处，像一股喧腾的河水。开工以来，进展顺遂。木森与县里派来的技术员配合默契，他们将河道宽度、水文条件、施工能力掰开揉碎，反复核算，最终定下了一套最稳妥可靠的桥型方案。

建桥劳作的場景热火朝天，石匠们在从附近山场运来的石料堆里敲打、甄选着最坚硬的板块；泥水匠将河砂与水泥搅合成稠浆；木匠在搭建桥台与拱圈的胎架……号子声、谈笑声、金石相击声，混合着河水的喧哗，掀起一股近乎欢腾的声浪。

木森捲起裤腿，踩在冰凉的河水里，跛着脚穿梭在各个作业面之间。他从不发火，声音总是平静的。看到石料选得不对，他会让你换一块；发现沙子含泥多了，他会要求你重新淘洗……有人背后嘀咕："这疤子管事真细，从不马虎。"他听见了，只当没听见。每个深夜，他都在那盏煤油灯下，核对当天的用料与人工，筹划次日的事项。灯火常常亮到天明，将他伏案的影子，投在简陋的工棚墙上，像一个沉稳无语、永不屈服的剪影。

入夏后，天说变就变。上游连降暴雨，渡口的水位眼见着一天天往上窜。

"得停工了。"有人忧心忡忡。

木森站在已露出水面的桥墩上，望着日渐汹涌的河水，摇了摇头："再干三天，把主墩抢封起来。"他的声音不高，却压过了水声，清晰地传到每个人耳朵里。

人们依照他的计划，昼夜赶工。然而，就在第三天的后半夜，雷声如巨石滚过山谷，闪电瞬间将天地照得惨白。暴雨倾盆而下，河水猛涨，发出骇人的咆哮。

“洪水来了！收工！快回家！”木森在滂沱大雨中嘶声呼喊。人们相互搀扶、提醒，迅速撤离了工地。

木森却没有走。他独自坐在堤坎一块冰冷的石头上，一动不动。借着一道道撕裂夜空的闪电，他眼睁睁看着洪水像一头苏醒的远古巨兽，张着浑浊的大口，先是轻易吞没了辛苦筑起的围堰，接着用蛮力狠狠撞向新起的桥墩……未完工的桥，如同小孩儿搭的积木，被狂爆的洪水一截一截地拧断、扯散、卷走。

他就那么看着，脸上雨水纵横，分不清是否混着别的什么。

天亮时，渡口河水依旧奔流，仿佛昨夜只是一场过于逼真的恶梦。但岸边的狼藉宣告着现实的残酷：材料散落，桥墩失踪，几个月的心血付诸东流。有人蹲在泥泞里痛哭，有人指天骂地，更多的人面色灰败，哭丧着脸：“完了……全完了……”

一片死寂的绝望中，木森站了起来。他拖着满是泥浆的腿，走到众人面前，声音因疲惫和着凉而显得干涩：“桥没了，人还在。大不了，重头再来。”他的话像一块砸进死水的石头。

说完，他摊开被雨水浸皱又晾干的图纸，用笔将洪水警戒线狠狠往上抬了一截，然后重重圈出桥墩的位置——加粗，再加粗。

“我跟你干！”刘老二第一个站出来，声音斩钉截铁。

“说得对！再来一次！”李石匠抹了把脸，瓮声应和。

一个，两个，十几个……原本涣散的人群，重新聚拢起来。那双布满疤痕的脸上，眼神依旧平静，但仿佛燃着一团看不见的火。

第二次建桥，比第一次慢。人们相信慢工出细活，每一次下料、每一次垒石，都透着一种沉静的狠劲。经验在失败中淬炼出来，每一步都走得稳扎稳打。

秋天，当最后一块拱石严丝合缝地落下，桥拱圆满合龙。新建的渡口桥，宛如一道灰色的虹，稳稳地跨在了激流之上。河水在桥下奔涌，后浪推着前浪，似乎在向这座征服了它们的建筑致意。

很多年后，这座桥依然坚固如初。载重的卡车隆隆驶过，桥身纹丝不动，悄无声息。几场罕见的洪水也曾汹涌而来，它却毫发无损。若有外人问起这桥的来历，镇上的老人总会眯起眼，望向桥头，不无自豪地说：

“那是个外乡人带头建的，后来，成了我们渡口镇的女婿。”

“他呀……可是个了不起的人。”

第十二章　倒插门

渡口桥建成后，木森走在镇上，认识他的人总会点头招呼，笑脸多了。他的漆活本就出众，如今更添了建桥的威望，在这方水土，算是有了一点小小的名望。背后指点的目光淡了，当面夸奖的话语多了。随之而来的，是那些热心的、试探性的提亲话头。这对木森而言，不啻于“天方夜谭”。他从未敢想，那张脸，那跛脚，能与这样的好事沾边。

这天，他刚放下漆刷，刘老二便笑嘻嘻地踱进工房，只看着他乐，不说话。

“刘叔，您找我有事？”木森被笑得有些窘。

“有事，还是天大的好事。”刘老二依旧咧着嘴。

“我能有啥好事？叔莫拿我开心。”

“真是好事，”刘老二这才凑近些，压低声音，“有人相中你了，想招你做上门女婿……”他一五一十地道来，末了补上一句，“建桥那会儿，他闺女常来送饭，你该见过的。”说完，用力拍拍木森肩膀，“好好掂量，莫错过了。”这才转身离去。

木森站在原地，有些发懵。片刻，一个被深藏在心底的画面，无比清晰地浮现出来。

那是个风和日丽的早晨，河边工地开始喧腾起来。山里不少的人，挑着担子来到这里，竹筐里装着鸡蛋、干笋、豆腐干；卖羊肉火烧的摊子白汽蒸腾，香气一阵盖过一阵；也有卖土布的，自家织染，颜色鲜亮夺目。乡民们瞅准工歇的间隙，赚点零碎钱。

那天逢八，是渡口镇的大集。许多工人便懒得带饭，随便买点自己想吃的就对付了。木森也随人流挤到摊前。他径直走向卖洋芋饼的摊子，那里已站着一位姑娘，蓝布裤，碎花中式开衫，脑后扎一把马尾，手里拎个小竹篮。

木森默默站到她身后。

没等他开口，姑娘忽然转过头来："要一个？"她把一个热气腾腾、金黄油亮的饼递过来，"趁热吃。"木森接过饼，有些局促："钱我付，你也趁热吃。"

饼边焦脆，中间软糯，他吃得慢，怕渣子掉落。嘴里嚼着，目光却不由自主地落在姑娘身上。她约莫二十出头，双眼皮，大眼睛，鼻梁高挺，皮肤细白，不高不矮，身段匀称。木森有生以来，第一次这样仔细地打量一个女人，此时心里七上八下，砰砰作响，脸忽地发起烫来……他暗骂自己不知天高地厚。

旁边有人路过，指着工地嘀咕："那桥，真能修成？"

木森没吭声。那姑娘却抬起头："肯定能。"声音不大，字字清晰。

说罢，她又买了几个饼，用纸包好放进竹篮，朝工地走去。集市上的叫卖声、谈笑声、吃喝声似乎瞬间低伏下去。人们站在路边，各吃各的，谁也不急着走。那一刻，渡口很喧闹，而他与她之间，却像隔着一层透明的静默。

后来在工地，木森看见她把洋芋饼递给一个叫贺善仁的老石匠，两人边吃边聊，模样亲热。哦！原来她是贺家的闺女。

想到此处，木森心中一动，脸上露出了难得的笑容，自语道："若真是她……那便是老天爷睁眼了。"

第二天，他便给了刘老二回音：愿意相见。

第一次去贺家，是个晴天。院门是两扇厚重的木门，漆色虽暗，但没起皮。门槛是条磨得发亮的青石，踩上去稳稳当当。院子不大，拾掇得极整洁。水缸靠墙，盖着木盖，旁边柴火码得齐整。堂屋门敞着，里面光线略暗，却显得深邃。

她父亲贺善仁坐在八仙桌旁，见木森进来，起身招呼："來了，坐。"

"谢谢贺叔。"木森微微躬身。

堂屋正中摆着红漆立柜，柜角包着黄铜，擦得锃亮。房梁下挂着一串串干辣椒，随风轻摇。墙上贴着年画，边角卷翘，却未脱落。

看着这中规中矩、一丝不苟地陈设，木森心想：这果然是个有根底、讲规矩的家。这样的人家，怎会轻易接纳一个外乡的残疾汉子？

果然，贺善仁开始问话了。老家何处？祖上做何营生？现今家境如何？脸上、脚上的伤残又是怎么回事？语气平和，却句句落到实处。

木森像学生答问，一一如实道来。

"我家乡在山岭深处，地贫路险，是个小地方。家里祖上也算读书人。高祖父中过贡生，爷爷是县里第一个考上大学的学生，学成回乡，做过参议。新中国成立时，他为家乡的和平解放出了一己之力，政府称他为开明绅士。到我父母这辈，经历坎坷，但如今已拨乱返正，落实了政策，日子总算安稳了……"

贺善人静静听着，眼神渐深。当木森讲完，他眼里竟似有泪光浮动。他起身走到木森面前，伸出粗糙的手，轻轻摸了摸木森的头，声音有些哽咽：

"娃娃……受苦了。"

过了许久，他缓过神，看着木森，一字一句道："人穷志不穷，你实在，不虚滑，又有真手艺在身，这比口袋里揣着银钱，更让人踏实。”说罢，与身旁的妻子交换了一个眼神。

定亲那天，艳阳高照。贺家堂屋的八仙桌擦得亮闪闪的，居中摆放。桌上供着红纸包好的聘礼：一刀腊肉，用麻绳扎着；一包红糖，一包白糖；两条烟，两瓶酒；还有一段折得方方正正的深蓝色布料。聘礼不算丰盈，却样样齐全，透着郑重。

媒人在旁说着喜庆话，母亲偶尔应和。木森坐在桌前，背脊挺得笔直，像一根钉入地下的柱子。他将礼单清晰念完，声音不大，字字入耳。

他接着说：“我在邮局给家里打过电话了。爸妈很高兴，让我替他们谢过二老。”

“请您二老放心，我和春梅，一定会把日子过好。”

贺善仁点了点头，没再多言。春梅站在堂屋门边，没有进来，手指无意识地捻着衣角，目光却穿过门槛，静静落在木森身上。

屋外有脚步声来来去去，似在等待。堂屋内静了一霎，随后，贺善仁站起身，将红纸礼单收进抽屉。

“这事，就这么定了。”他郑重地向着大家说。

木森应了一声，很轻。心里却像有块压了多年的巨石，轰然落地。

婚期依礼定下。婚礼那日，热闹非凡。贺家两扇大门贴着硕大的红“喜”，门楣下红灯高悬。新郎一身崭新的蓝布衣裳，新娘红衫红裤，堂屋披红挂彩。唢呐嘹亮，锣鼓喧天，鞭炮声炸开一团团青白的烟。

贺家是老门老户，宾客络绎不绝。流水席从晌午一直摆到日头偏西，人声才渐渐散去。

新房是翻修过的老屋。房梁是旧的，木头刷了深色漆，显得沉静。床是请刘老二新打的，四角方正，样式简单。木森亲自上的漆，均匀光亮。

春梅坐在床沿，木森挨身坐下，一时手足无措，不知该将手放在哪里。屋里静到极致，能听到彼此的呼吸，也能听见晚风佛过屋瓦的微响。

“往后……还接修桥那样的大活吗？”春梅先开了口。

“接。”木森说，“但不拼命了。”

她抬起头，望向他。

“不是怕苦，”木森迎着她的目光，声音温柔下来，“是知道了，有人牵挂，有人等。”

春梅没说话，只是伸手，将桌上的油灯灯芯，轻轻拨动了一下。

灯光漾开，照亮了屋梁、墙壁、床铺……一切都是那么实在。从今夜起，木森也成了这“实在”的一部份

——贺家的女婿，渡口镇的女婿。一个曾经飘零的异乡人，终于在此处，寻到了他的巢，他的根。

第十三章 志在远方

新婚后的日子，那层喜庆的红光渐渐沉淀，渗进了日常生活的纹理里。

天未亮透，春梅便窸窸窣窣起身，引燃灶膛。柴火噼啪，锅里的玉米粥翻滚着稠密的气泡。白面馒头早已蒸好，温在笼屉里。父母唤醒了弟妹，一家人围上了八仙桌。

“木森，快来，趁热吃。”丈母娘心疼地喊着。

“嗯，您们先吃。”他应着，坐在门槛上绑他的护腿。左脚需多绕一圈，绑得紧实些，走路才稳当。他不急，手上的动作一如用漆刷抚过木面，慢，却精准。春梅盛了碗粥，小心递过去，怕烫着他。木森接过，抬眼望她，温情脉脉。一家人吃饭，话不多，碗筷轻碰的声响里，却有着一份踏实的互信。

白日里，木森在外头奔忙：看工地、谈料价、核帐目……春梅则撑起家的另一半天：操持八口人的三餐，喂鸡饲猪，飞针走线。偶尔推些豆腐、炕些豆腐干去集市卖，攒下细碎的零钱，那是一份属于她的、勤俭朴实的的参与。

傍晚，木森收工归来，鞋上沾满了工地的泥土，腿脚肿胀得厉害。这时，一盆温热的水总在等着他。双脚浸进去，暖意顺着酸痛的骨头蔓延开来，缓解了疼痛，也熨帖了心。

一日，木森归家极晚。春梅在灯下缝补，听见脚步声，立刻放下手中的针线，从灶屋端来一碗热腾腾的饭菜，对木森说："快吃点，吃完再泡脚。"她声音里的心疼，盖过了疲惫。

木森坐下，像是商量，又像是自语："往后，我不想再接零碎小活了，想做大点的工程。"

春梅没抬眼，只轻轻将针在发间抿了抿，说："那家里的事，你就甭操心了。我少去两趟集市，多在家里便是。"平素言语不多的她，一口气说了这些。木森听着，心里那盏灯，仿佛被拨得更亮了些。她的支持，无声，却有力。

成了家的人，做事便添了份不一样的重量。从前，他敢把自个儿全然押在每一步上；如今，每迈一步，都得在心里掂量三分风险。渡口桥竣工后，他并未停步，开始承接涵洞、堤防、小型引水渠……活计象溪流汇成小河，他身边，也渐渐聚拢了一些干活的人。

第一个跟来的是石匠老魏，五十来岁，手糙得像老树皮，话比金子还贵。"我不跟人瞎干，"他说，目光凿子般钉在木森脸上，"就凭你修那桥，我服。"

第二个叫周生，是个读过几年书的年轻人，算盘打得精准，字也写得工整。木森让他管料，也叮嘱得紧："这是细活，关乎性命。少一根钢筋，你都赔不起。账目，要清过河水。"

三个，四个……一支小小的队伍，像岩石间的藤蔓，在这里扎下了根。

消息伴随着春风一起传到了渡口镇。县里决定，在县里深处的雨佳河上，修建一座水电站。那河性子烈，水急，坡陡，还牵着几条桀骜的支流。这工程不光为发电，还为了下游万亩农田的灌溉。工程大，且复杂，像一张精心编织又危机四伏的巨网。

风声很快灌满了镇子，春梅不出门也知晓了。

那晚，木森回家后闷声不响，吃过饭就坐在门口磨他那把旧漆刀，霍霍声里藏着翻滚的心事。春梅出来，将一件外衣披在他肩上，不紧不慢地问：

"接了？"木森手上动作一顿，抬眼，有些诧异，却满带笑容地说："你真是我肚里的蛔虫，知我者春梅也！"

"想承包这工程。"片刻，他吐露了心声。

春梅望着丈夫眼中那簇熟悉又灼热的光，没有犹豫，声音轻而坚定：

"那就接。"

雨佳河水电站，不是一座桥，而是一场战役。坝体、渠道、闸门、管线……环环相扣，一处溃败，满盘皆输。木森将手下人像棋子般摆布在合适的位置：老魏统领石工，专攻最硬的骨头；周生握紧账本与料单，锱铢必较；他自已则像不知疲倦的梭子，跑遍全线，上下协调。他虚心讨教县里派下来的干部和技术员，将那些生硬的管理术语与冰冷的图纸，一点点嚼碎，咽下，化成自己筋骨里的力量。

工程进行到第一年末，出了事。上游一段新开的渠道夜里塌方，蓄积的山水冲走了模板，卷走了部分物料。现场一片狼藉，沮丧像阴云笼罩。有人叹道："认栽吧，天灾人祸。"

木森站在塌陷的豁口前，看了很久。浑浊的水流嘶吼着奔过。终于，他转身，声音压过了水声：

"改线。"

"改线？"周生急了，"那得花多少钱？还有工期……"

"少塌一次，就值。"木森打断他的话，语气不容置疑，"照塌方的痕迹看，这地基原本就不稳。硬扛，下次塌的更多。"

他立即赶往县里，将具体情况、责任与改线方案和盘托出，担起了旁人避之不及的干系。

那之后很长一段时间，木森几乎以工地为家。春梅偶尔炖了鸡汤，烧好红烧肉用瓦罐装好，提着走十几里山路送去。夜里，她依旧在灯下做针线，一针一线，似乎能将远方的丈夫，更牢地缝进家的温暖里。

有一次，木森连日高烧，仍撑着在工地上指挥。老魏看不过去，将他按进工棚的木板床："头儿，你倒了，人心就散了，这工程也就误了！吃口药，歇一天，天塌不下来！"

他勉强躺了一日，第二日黎明，身影又出现在朦胧的晨雾里。

三年，一千多个日日夜夜。当巨大的闸门缓缓落下，驯服的河水开始蓄积，水位一寸寸抬升，漫过崭新的坝体。发电机第一次低沉地轰鸣起来，电流沿着新架设的线路，流问远方。

下游干涸的土地，第一次畅饮到盼望已久的甘露。夜晚，沿岸村落零星亮起电灯，像大地上突然睁开的、惊喜的大眼睛。

竣工验收会上，县里的领导握着木森粗糙的手："优良工程！感谢你们，为我们县的人民造了福！"掌声响起，人们目光聚焦于他。木森没有多言，只是微微颔首。他的目光，越过欢庆的人群，越过崭新的坝体，投向了雨佳河更上游的、云雾缭绕的苍茫群山。

那里，还有更多的水，更多的山，和更远的、等待被照亮的土地。

志在远方，脚步便不会停歇。

第十四章　浪潮

风，确确实实地变了。最先感知并顺应这变化的，是人心。

街上开始有人公开谈论“做生意”，声音不再压低，眼神也不再躲闪；供销社门口那些红纸告示里，“承包”、“个体经营”成了新出现却最扎眼的字眼儿；县城街头，偶尔能瞥见穿喇叭裤的年轻男人和踩高跟鞋的女人，他们步履匆匆，谈吐间带着一种新鲜的、急于奔赴某处的兴奋。

下海经商的潮声，从遥远的沿海一路呼啸而来，最初只是湿润的风，很快便成了拍打内陆岸线的实实在在的浪头。

木森这些年与砂石水泥为伴，深谙一砖一石的分量。他眼看着自己修建的桥梁、水电站改变着山川地理，却也隐隐感到，这激荡的时代里，有些力量的涌动与汇集，已不能单靠双手和汗水来完成。工程需要材料，材料背后是盘根错节的渠道；人要成事，除了实在，还需懂得变通的门道。他像一名老练的船长，听到了潮汐的召唤，却并不急着扬帆，而是先细细观测风向与水文。

就在这个当口，一个来自家乡的消息，为他的人生航道注入了另一股强风：父亲林茂源被彻底平反，落实政策后不久，便成了县政协委员，调回了县政府。压在头上的无形之帽终于摘去。他挺直了脊梁，开始在制度的框架内，为他所关心的民生、教育发声。

父亲在政策的根基上重新站直，儿子在现实的浪潮中稳稳扎根。两代人的道路在新时代交汇，一个走向厅堂，一个走向市场，却奇妙地成了彼此遥相呼应的支撑。

在县政协的积极倡议与政府的支持下，“兴茂营销公司”的牌子挂了起来。木森被任命为总经理。中秋节前，他携春梅回到了久别的鸭河。故乡的山河依旧，但弥漫在空气里的那种跃跃欲试的气息，与当年他离家时截然不同。

公司的第一桩生意，始于一个最朴素的渴望。有老乡辗转找到他，带着试探问：“木森，听说你在外头路子广……现在能弄到电视机吗！黑白的就行，彩色的更好。”

那时，一台电视机仍然是寻常家庭不敢奢望的“大件”。票证紧张，货源稀缺，光有钱，摸不着庙门。

木森没有立刻拍胸脯。他先是心里默默算账：成本、运费、损耗。接着动用这些年走南闯北积下的人脉与信用，去寻找可靠渠道。他谈生意时，语气依旧如谈工程用料般实在，不欺不瞒，这份口脾成了他最硬的“通行证”。

当第一批电视机历经周折运抵县城时，小小的门市部被闻讯而来的人群围得水泄不通，许多人挤在柜台前，不是问价，而是睁大了眼，一遍遍确认那闪着幽光的屏幕、整齐的按钮——“这……真的是电视机？”

这批货，他定下的规矩简单而牢靠：不投机，不囤积；只做紧俏而实用的；该让的利，大大方方；该守的信，寸步不让。电视机、收音机、缝纫机、自行车……一样样曾经遥不可及的工业品，通过他和他的公司，注入家乡渴望改善生活的那些人家。

人们第一次觉得，山外的世界、现代化的生活，仿佛被一座无形的“桥”拉近了，而这建桥的人，正是他们熟悉的木森。

至此，木森算是真正“下海”了。但他心里清楚，自己换的不是方向，而是抵达远方的方式。修桥筑坝，是让天堑变通途，让水流为人所用；经商流通，是让货物尽其用，让日子过得丰足。两者内在的那份“连接”与“造福”的实际意义，从未改变。

脚下的路骤然变得开阔而纷繁，木森觉得，肩上的担子与心里的那杆秤，比以往任何时候，都要沉静，都要清晰。浪潮已至，他既是踏浪者，也愿做一块让更多人能借此站稳的礁石。

第十五章　转向

“兴茂营销公司”的牌子，就挂在门脸右侧，白底黑字，不甚起眼。可店里流过的货，却一天比一天抢手。

电视机在柜台几乎摆不住三天，无论是黑白的方盒子，还是闪着诱人光泽的彩色屏幕，总是一到便空。收音机、电风扇、自行车零件……一批批进来，又一批批出去。人们不再怯生生地问“有没有”，而是开始挺直腰板问“哪个牌子好”、“质量靠不靠得住”。

生意红火，木森心里那本账却越算越清醒。货走得再快，源头捏在别人手里，命脉就不算自己的。销售如同修桥，桥修得再好，若材料、工艺都依赖外头，这桥终究算不得自家根骨。一个念头，在他观察、盘算、沉默的日夜后，变得不可动摇：必须转向制造。只有自己握住生产，才算真正握住了命运。

经过反复的考察与权衡，木森将目光投向了南方。那里热风扑面，政策活络，观念像春草一样疯长，工厂如雨后春笋。他看中了一座正在隆隆崛起的新城，那里万物竞发，却恰恰缺少一家真正面向寻常百姓、死磕质量的家用电器厂。

决心已定，他便不再回头。营销公司交给可靠的人打理，自己带着全部积累和更重的赌注，南下建厂。

最初的厂区，寒酸得近乎简陋。几排石棉瓦屋顶的简易厂房，在空旷的野地里显得有些孤单。第一条生产线是组装黑白电视机，机器多半是从国营厂淘汰下来的二手货，吱吱嘎嘎，脾气古怪。工人大多是刚放下锄头的农家子弟，他们手脚勤快，眼神里却满是陌生与忐忑。

问题像车间里的灰尘，无处不在。一个焊点不牢，一条线路接错，整台机器就成了哑吧。木森几乎住进了车间。他卷起袖子，从最基础的零部件认起，一道工序一道工序地盯，一个环节一个环节地磨。他那张布满疤痕的脸，在白晃晃的车间灯光下，显得格外严肃而专注。

他定下一条铁的纪律，并在全厂职工大会上说得斩钉截铁："宁可少出十台货，不可卖出一台次品。"

在那个"能响即合格、有影就能卖"的粗放年代，这条规矩显得格外"迂腐"。同行笑他"书生意气"、"不懂变通"。木森听了，不辩驳，只回头对质检员交代得更细。他心里透亮：桥塌了，会出人命；牌子砸了，企业也就没了魂。信用这东西，建起来难如垒石，毁起来易如推沙。

随着黑白电视机渐渐打开销路，木森又顺应市场，陆续上马电风扇、冰箱的生产线。每一次扩张，都意味著真金白银的投入和深不见底的风险。资金链绷得最紧的时候，账上的钱甚至不够给工人发足额的工资。那个年关，木森瞒着所有人，把家里最后一笔存款也填了进去。除夕夜，他一个人在空旷的厂区守岁，远外传来的爆竹声，听起来都像催债的鼓点。

妻子春梅始终在他身边。这个只有高中学历的乡下女人，展现出惊人的韧性。从仓库盘点、行政协调到账目核对，她默默地学习，稳稳地把关。白天在厂里忙碌，晚上回到狭小的宿舍，还得在台灯下，一笔一笔核对兴茂公司发来的订单。木森看着妻子伏案的背影，心里既酸楚又踏实，他后来常对老友说："那些年我能挺过来，一半靠运气，一半靠她的支持。

真正让企业在激烈的市场中杀出一条血路、站稳脚跟的，是木森一个破天荒的举动——"以旧换新"。

这在当时是从未有人想过、更无人敢做的买卖。老百姓家里老旧的电视机、收音机、哪怕只能出声显影，都可以折价换购厂里的新产品。这法子一举击中了百姓既想更新换代又舍不得旧物、心疼钱的心理。门槛低了，销量却如洪水般涌来。消息不胫而走，周边县市的经销商闻风而动，订单像雪片一样飞来，生产计划排到了半年之后。春梅对着那摞越来越厚的订单册，终于露出了久违的、舒展的笑容。

质量、信誉、一点点关乎人心的思考——这些看似朴素的道理，成了木森最坚硬的盔甲。企业规模在稳步扩大，简陋厂房变成了明亮的车间；员工从最初的几十人，慢慢变成了几百人。

机器日夜轰鸣，不再是杂乱无章的嘶吼，而是逐渐汇成了一曲稳定而有力的交响。

这次至关重要的“转向”，成功了。许多年后，木森回顾这段岁月，总会沉默片刻，然后轻轻地说：“那是在一片荒地上过出来的日子。苦，但筋骨是硬的。值。”

第十六章　巅峰

企业进入第十个年头时，木森在某一个清晨忽然意识到，自己已经很久没有为“活下去”这三个字，真正发过愁了。

厂房像不断生长的有机体，一再向外蔓延；产品线越拉越长，电视机、空调、冰箱的标识，从本省的区域广告，悄然贴上了更遥远城市的商场橱窗。经销商的电话昼夜不停，财务送来的报表上，数字攀升的曲线平稳而陡峭。他的名字开始频繁出现在行业会议的名牌、地方报纸的专访里。酒桌上，旁人介绍他时，称谓已发生变换：“这位是企业家，林木森先生。”

生活被一种庞大而顺畅的惯性推着前行。成功带来了安稳，安稳却滋生出一种陌生的、微妙的空虚。直到一次北上的调研行程，像一块巨石，投进了这片已然满足而平静的心湖，激起了他以为早已沉寂的波澜。

那座如神活般崛起的大都市，用它彻夜不息的璀璨灯火，迎接了他。街道宽阔得令人心生敬畏，高楼在夜幕中宛如冰冷的巨塔拔地而起，无声地宣告着一个全新尺度的时代已降临。站在酒店高层的落地窗前，木森感到自己那个在南方颇具规模的家电王国，忽然被映照得有些遥远，甚至……有些“小”了。

一个词，伴随着窗外车流不息的幻影，在他心中反复撞击、放大，最终轰然作响：

汽车。

它不再仅仅是一种交通工具。在他此刻的眼里，它成了速度的化身、工业皇冠上的明珠、规模经济的终极考验，也象征着他内心深处那份从未熄灭的、想要触碰行业极限与人生高度的隐秘渴望。

不久后，木森与这座城市郊区的李家村达成了一项足以改变许多人命运的决定：村里出地，他倾注全部资本与信誉，共同打造一座“万年工业城”。三十平方公里的未开发土地，风大，土黄，前路荒芜，却在规划图纸上被描绘成未来可期的宏伟蓝图。

签字仪式上，钢笔握在手中沉沉的。他落下名字时，手腕很稳，心里却翻涌起一阵久违的、属于年轻时才有过的悸动与滚烫。

消息如野火般蔓延，业内惊叹他“敢想敢干”的魄力；地方报纸将他誉为“从家电跨越到汽车的实业拓荒者”；连许多沉寂多年的故交旧识，也仿佛被这巨大的磁场所吸引，纷纷前来道贺。赞誉与灯光，前所未有地聚焦在他身上。

在那个一切都追求“快”的年代，“万年工业城”也花了近一年的时间，才从图纸和黄土中挺立起来。园区内，厂房、职工宿舍、食堂、甚至小小的阅览室都一应俱全。最深处，便是汽车制造厂的核心区域。崭新的车间里，来自农村的小伙子们经过严格培训，眼神中的胆怯被专注取代，操作日渐娴熟。设计室的灯光常亮到深夜，工程师们对首批样车进行着严苛的道路测试、极端环境模拟。图纸上的每一个参数，都在实际奔跑中被反复验证、修正。精度要求以毫米，甚至微米计。

木森时常在车间里走动，他的目光掠过那些闪着冷光的机械臂和崭新车身，总会对围拢过来的员工说一句朴素至极的话：

“什么样的新车刚出来都是锃亮的。但亮，不代表它结实，更不代表它安全。我们的活儿，是让这亮光里头，有骨头，有良心。”

那几年，是木森事业版图上最耀眼的时光。他带着不断扩大的团队，身后站着始终默默支撑他的春梅，夜以继日地开疆拓土。订单、赞誉、社会头衔……硕果看似累累。

他仿佛真的站在了时代的浪潮之巅。脚下是亲手构筑的工业城，耳边是经久不息的掌声，眼前是似乎无限延伸的道路。光芒如此炽烈，几乎让人产生一种错觉：只要他愿意，这世界便会自动为他让出一条通天坦途。

然而，站得越高，风越大。在那光芒万丈的巅峰之下，阴影也正在无声地拉长。庞大的工业城如同一头巨兽，每日在吞噬着天文数字般的资金；跨行业的管理复杂程度呈几何级数增长；最初的激动沉淀后，是如影随行的、巨大的责任与风险。但他已无法回头，也无暇细看脚下的阴影。历史的浪潮推着他，和他那过于宏伟的梦想，一同驶向了深不可测的水域。

第十七章 暗流

第一辆被退回的车，是在一个毫无征兆的上午出现的。

售后服务部的电话打进办公室时，木森正在审阅新厂区的施工图。对方语气谨慎，说是一位车主反映，车辆在行驶中有轻微异响，低速转弯时方向盘略感发紧。技术员已初步检查，问题不大，但为保险起见，建议返厂深度检测。

木森的目光从图纸上抬起，沉默了片刻。“按流程处理，该换的换，该赔的赔。态度要好。”

在当时，这只是一个再平常不过的售后插曲，像庞大机器运行中一粒可以忽略的微尘。新车型刚刚下线，产量不高，瑕疵率被控制在乐观的统计模型里。内部会议上，甚至有人宽慰他：“林总，哪个车企没经历过磨合期？只要不动安全筋骨，边卖边调，都是这么过来的。”

真正的变化，发生在第二周。

第二辆，第三辆……类似的情况开始零星浮现：难以定位的异响，转向系统不够顺滑，制动反馈出现微妙的迟滞。问题并不集中爆发，却隐隐指向一条模糊却一致的线索——整车的系统性匹配，存在偏差。

技术部门被紧急动员，调取海量数据反复比对。结果令人背后发凉：许多单个零部件的数据完全符合设计标准，可一旦组装成整车，在动态运行中，它们彼此“相处”得并不和谐，如同一群技艺精湛却缺乏默契的乐手。

检测车间成了不夜城。工程师们将问题车辆反复拆解、装配、焊点、支架……任何一处微小的应力变化都被记录在案。每一次试图复现的问题，都需要整车上路实测。深夜里，试车场引擎的嘶吼声在空旷的厂区回荡，像一头被困住的野兽，焦躁而粗暴。

木森感到久违的不安。

这不是家电。

电视机不亮，可以换一块电路板；冰箱不冷，可以修压缩机。但汽车一旦上路，每一个微小的不协调，都会被速度、重量和复杂的路况无限放大，最终关乎性命。

他盯着报告上那些冷漠的数据曲线，忽然清晰地意识到：这些看似“不致命”的瑕疵，正在以一种缓慢而确定的方式，蛀蚀着公众对一个新生品牌最珍贵的资产——信任。

“我们……是不是该考虑，暂停交付？”会议桌尽头，有人极小声地提议。

会议室骤然陷入一片压抑的寂静。

“暂停”两个字，重若千钧。意味着上市计划延迟，意味着期待中的资金回流被截断，意味着此前所有的市场预热和渠道投入都要重新计算沉没成本。

木森没有立刻回答。他转过头，望向窗外。新厂房的钢铁骨架在暮色中勾勒出巨兽般的轮廓，尚未被血肉填满。他明白，这个决定一旦做出，就不再是单纯的技术修正，而是对企业战略节奏的一次重创。

良久，他收回目光，声音不高，却压住了所有的嘈杂：“再查一轮。不是查哪个零件坏了，是查它们为什么在一起工作会出问题。把根子找出来。”

第一辆问题车，并未引起外界的恐慌。但它像一颗被无意间投入深湖的小石子，涟漪正悄无声息地向更远处扩散。

真正让轰鸣的生产线逐渐窒息的，并非质量，而是一批迟迟未到的零件。

那是一种并不起眼却至关重要的连接部件，单价不高，却深深嵌入动力传输的核心位置。合作多年的老供应商，交付向来准时如钟表。可就在新车进入批量生产的关键档口，对方发来一封措辞客气的函件，声称因“不可控的外部因素”，交货周期需要“适当延后”。

起初，厂里并未太过紧张。库存尚能支撑一段时间，生产计划稍作微调即可。然而三天后，第二封函件抵达，语气更加含糊，只反复提及“上游原材料紧张”、“自身产能面临挑战”，对新的交付日期却避而不谈。

生产的节奏开始被打乱。装配线被迫放慢速度，一些工位出现尴尬的空转，工人站在流水线旁等待零件的场景，让高效运转的车间第一次显露出不协调的裂缝。设备依然在轰鸣，但那声音里，少了某种连贯而饱满的力量感。

采购部门多方联系，对方的回应总是礼貌而疏离，像隔着一层透明的墙壁。合同被反复审阅，条款严谨，却在“不可抗力”和“商业情势变更”等处，留下了足以游刃的模糊地带。

“他们不是在交货，他们是在观望。”有明白人私下道破天机。

木森心里清楚，这绝非孤立事件。汽车项目如同一块巨石投入水中，激起的波澜远超预期。一些原本依附企业成长起来的中小供应商，开始重新评估这笔生意的风险与收益。他们担心木森的技术路线是否真能经得起市场考验，担心那庞大的产量规划能否最终兑现。更深的恐惧在于：一旦这艘刚刚启航的巨轮触礁，自己会不会被一同沉沦海底？

几天后，另一家配套企业发来了正式的涨价函。理由很直接：综合成本上升，合作风险加大。涨幅尚在可谈范围，它像一个危险的信号弹，迅速在紧密相连的供应链网络中被传递、解读。

那天傍晚，木森独自走进已部分停转的车间。灯光惨白，照在一具具未完成的车架骨骼上，反射出冰冷的金属光泽。他伸手触碰那些棱角，寒意顺着指尖蔓延上来。他忽然无比清醒地认识到：汽车制造，远不止把厂房盖起来、把设备装好那么简单。

它是一张精密无比、环环相扣的无形之网。任何一处的张力松懈或节点脱落，整张网便会失形、失效。

关于供应链的紧急会议一直开到深夜。有人主张立即寻找替代供应商，哪怕付出更高代价；有人建议短期妥协，先稳住生产；更冷静的声音提醒，任何核心部件的更换，都意味着漫长且昂贵的重新验证与适配，时间成本无法承受。

木森坐在长桌尽头，听着这些陷入两难的计算与争论。窗外的夜色浓调如墨。他此时如此清晰地感觉到：企业已被自身庞大的梦想和外部复杂的因素紧密的捆绑在一起，推到了一个令人眩晕的高度。而在这个高度上，它失去了灵活转身的空间，每一个动作都牵一发而动全身，沉重无比。

那一夜，厂区许多窗户都闪亮着灯光，一直到很晚。生产线在沉默中，仿佛在等待一个无人能轻易作出的、将决定所有人命运的决定。而那股暗流，已在看不见的地方，汇成了汹涌的漩涡。

第十八章　疾风

当所有问题汇合，便不再是问题，而是漩涡。它不再吞噬细节，而是开始吞噬方向、时间和选择本身。

例行夜间工作会议。会议室的灯光亮得刺眼，与窗外陷入沉睡的厂区形成一种无声的对峙。生产线已停滞了两个班次，地面零星散落的工具和未处理的零件，凝固了白日的仓皇。桌上摊开三份文件，像三份诊断书：质量检测报告、供应商无限期延期函、最新的资金流测算。

每一份单独看，或许都有转圜余地。但三份并置，便成了三块巨石，压在同一条早已绷紧的生存线上。

技术负责人率先打破沉默，嗓音因疲惫而有些沙哑。他指向报告中几处被反复圈画的数据峰值，解释这并非某个零件的致命缺陷，而是整车结构在极端工况下产生的“系统性共振”，是匹配问题。“不是设计错误，但……是设计遗憾。彻底解决，需要至少一个完整的测试迭代周期。”他顿了顿，“如果现在交付，短期内不会集中爆发，但风险，像一颗埋着的钉子。”

采购负责人的汇报更简短，也更冰冷。核心部件的交付依旧遥遥无期，备用供应商接口不匹配，工艺需要调整，意味着整条生产线的验证推倒重来。“我们现在最缺的，就是时间。”

财务负责人没有展开报表，只推了推眼镜，用近乎平直的语调说：“目前的资金链，只能再支撑现有状态……二十五天。如果产线全停，研发和测试继续烧钱，这个时间会更短。”

会议室陷入更深的死寂。所有人心知肚明：讨论已从“如何冒险成功”，滑向了“不冒险是否即刻死亡”。

终于，有人用一种刻意放松、仿佛在讨论天气的语气，轻声提出：“或许……可以考虑分批、限量放行？先交付一部分，缓解资金压力。后续的……通过加强售后体系来消化。”

空气骤然被抽紧。这不是新提议，但在今夜，在二十五天的倒计时下，它披上了“务实”与“求生”的外衣，显得如此“合理”，甚至“必要”。

木森始终沉默。他靠在椅背上，双手交叠，不时也会习惯性地用左手搓搓那支唯一的耳朵，目光低垂，落在会议桌木质纹理一道天然的、细微的裂缝上。那裂缝很浅，却笔直地延伸向未知的尽头，像一道沉默的谶语。

会议进行到中途，门被轻轻推开。春梅走了进来。

她并非与会者，但连日核对账目，让她比任何人都更早触摸到那迫近的寒意。她没有坐下，只是站在灯光边缘的阴影里，安静地聆听着后续的讨论——关于风险概率、关于市场信心、关于沉没成本、关于那诱人却危险的“分批放行”。

当所有的争论暂歇，目光再次沉重地落回木森身上，等待最终裁决时，春梅先一步开了口。“我觉得，现在放行，不对。”

她的声音沉稳，就像一颗石子投入粘稠的泥潭，激起一层看不见的涟漪。有人蹙眉，有人看她一眼，又急促地移开视线。

木森缓缓转过头，望向她。

“你们说的，我都听明白了。”春梅的目光扫过桌上那三份文件，语气平静得像在讲述别人的事：“技术问题不是今天才有，供应商变卦也不是突然发生。现在选择放行，只是把今天的压力，原封不动地推到明天，并且……加上利息。”

她停顿了一下，目光最后落在那份质量报告封面上，试图穿透纸背，看到那些冰冷的参数所代表的、奔跑在路上的钢铁躯体。

“车，不是电视机。”她一字一句，清晰地说道，“电视机坏了，可修可丢不看；车若有问题又没被发现，开出去，可就是……生命悠关。”

话音落下，会议室里连呼吸声都清晰可闻。那句话本身不带任何情绪，却像一道绝对零度的冰墙，瞬间冻住了所有关于“权衡”、“概率”、“缓冲”的复杂计算。它把抽象的“风险”，还原成了具象的、血淋淋的“后果”。

木森感到一种前所未有的、清晰的撕裂感，从心脏的位置蔓延开来。他当然懂她的话，每一个字都懂。正因如此，他才被钉在这场沉默里。

“如果现在彻底停下来，”他的声音干涩，低沉得像从地底传来，“我们可能……就再也起不来了。”春梅望着他，没有指责，没有激动，甚至没有失望。她只是微微摇了摇头，声音轻得尤如耳语：“可如果不停，你拿什么去承担那个后果？钱吗？公司吗？还是……你往后每一天的安生？”

那一刻，木森忽然明白，这是他们夫妻多年来，第一次站在了同一件事完全相反的两端。无关对错，只因为看向未来时，他看见了企业的存亡绝续，而她，看到了底线崩塌后，一个人灵魂将承受的无尽黑夜。

会议没有形成任何书面决议。

技术部被要求以极限速度压缩测试周期，采购部继续在绝望中谈判，生产线维持最低限度的“假寐”状态，仿佛随时能被唤醒。而那个最关键的问题——“是否放行”——被悬置起来，成为一个等待最终审判的幽灵。

散会时，已是后半夜。

木森独自走出大楼。厂区路灯昏黄，勾勒出车间暗暗的巨影。他走近空旷的装配车间，站在流水线中央。尚未完工的车架整齐排列，金属骨架在冷光下泛着苍白的光泽，他们如此安静，如此“完整”，仿佛只差最后一道指令，就能获得生命，驶入万千道路。

他忽然想起许多年前，在那闷热的家电车间里，他对着一批有瑕疵的电视机外壳说过的话：“宁可少卖十台，也不可卖一台有瑕疵的次品。”

那时，他面对的只是仓库的库存和账面的盈亏。如今他面对的是滚雪球般的时间成本、错综复杂的资本游戏、层层嵌套的商业规则，以及一部一旦启动就难以刹车的庞大机器。但内核，似乎从未改变。

寂静中，他抬起头，对着空旷的车间，也对着自己内心那个咆哮的漩涡，给出了最终的答案：“不放行。在质量问题彻底解决之前，一辆也不准交付。”

他的声音像一块沉重的金属，砸在水泥地上。身后尚未走远的管理层们同时停下了脚步。没有欢呼，没有反驳，只有一片更深沉的静默。所有人都清楚这句话意味着什么——那很可能是压垮骆驼的最后一根稻草。

那一夜，他办公室的灯亮至天明。窗外的生产线在沉睡，如同巨兽陷入沉思。而命运的计价器，已在黑暗中被按下，开始累积无人能预知的、沉重的代价。

木森不知道这个选择是否正确。在商业教科书上，它很可能被标记为“失败案例”。但他深知，这是他唯一还能面对自己、面对春梅、面对那些未来可能坐在驾驶座上的人的选择。

有些风暴，注定要迎头撞上。而尊严，有时就存在于撞上去的那一刹那，而非绕行的侥幸里。

第十九章　倾覆

变化来得迅疾，却无人感到意外。当大厦将倾时，每一丝风声都像在预告结局。

最先叩门的，是银行方面一次措词严谨的“例行沟通”。原本稳固的授信额度被要求“根据最新经营状况重新评估”，语气依旧礼貌，却多了几分关于“行业周期性风险”与“特定项目不确定性”的审慎提醒。对方没有明说，但木森听得懂弦外之音：这不是商量，是通知。

几天后，第二家合作银行跟进。已走到最后环节的续贷流程被单方面“暂缓”，审批节点像陷入流沙，不断后移。财务部的通话记录越来越长，得到的答复却越来越短，越来越空。会议室里，人们仍在讨论技术改进与生产排期，但空气中弥漫着一种共识：一只无形的手，已扼住了命运的喉咙。

抽贷，是一场彬彬有礼的动作。它并非暴烈地一刀斩断，而是充满耐心的、一丝丝的收紧。

第一笔短期流动贷款被要求提前规划偿还；第二笔授信额度悄无声息地被下调；第三次正式会谈，对方终于提到了那套冰冷的专业术语：“若核心指标持续恶化，我行将不得不启动风险管控预案。”

生产线尚未完全停止轰鸣，但节奏已明显迟滞。设备空转的声响，像巨兽沉重而徒劳的喘息，消耗着最后的惯性。

也正是在这片惶然的空气中，企业内部某些蛰伏的“活性”，开始蠕动。

那位一直主管对外融资和对接政府关系的副总，忽然变得异常“勤勉”。他频繁出入各家金融机构与陌生投资公司，在内部会议上，更是积极得反常，不断抛出各种名为“自救”的应急方案。这些方案总是包裹着诱人的前景，实质却无一例外：引入新的投资者、出让核心项目控制权、重组乃至稀释现有的股权结构。

起初，这被视为高管在危局下的“担当”。但木森很快察觉到一丝异样——某些合同的细节变得语焉不详；关键条款在未充分讨论前就被催促签署；副总与那些新晋“资方代表”之间的默契，熟稔得超越了正常的商务交往。

“这是唯一的活路。”一次私下交谈中，副总压低声音，话语里带着一种奇特的、混合着威胁与共谋的意味，“不然，大家抱着一起死。”

木森这一次明显感到，控制权正从自已手中慢慢滑落。并非被暴力夺走，而是在“拯救公司”的崇高名义下，被一点一滴地、合情合理地交换出去。

当他试图凝聚力量，踩下这辆失控列车的刹车时，一个他从未想象、却早已铁证如山的真相，狰狞地浮出水面。

副总的蜕变，始于一次不起眼的项目对接会。对方是某银行信贷部门的负责人，衣着讲究，言辞精炼，总能在关键时刻释放“极积信号”。关系从工作歩开始，地点从食堂升级到私密包厢，最终滑向更隐蔽的场所。

相应的，贷款审批的流程快得异乎寻常。本该严审的材料被一次次“容缺后补”；风险提示写得如同散文。副总心知肚明，这份“顺利”是有标价的。

代价并非一次性支付。它被巧妙拆解，包装成“专项咨询费”、“业务协调成本，在账目上流淌得合规而光滑。银行那头收获了利益与人情，副总的个人账户里，不知不觉间增殖着一串串亮眼的数字。他已渐渐习惯，甚至依赖这种危险的韵律。

真正的溃烂，深入肌体核心。

出纳是个三十出头的女人，容貌并不出众，但她举止得体，处事稳妥，颇得人缘。她进厂有些年头，算不上新人。因是同乡，对副总有一种天然的亲近与依赖。关系始于加班时的陪伴，慢慢滋长为若有若无的暧昧，最终边界彻底融化。

她掌管着企业最敏感的命脉——日常现金流。

调拨、拆借、临时周转，本是企业的常态操作。副总以“缓解临时压力”、“支付紧急款项”为由，让她一次次提前支取现金。金额起初不大，三万、五万、十几万，很快被后续进账覆盖，如沙滩上的浅痕。

当他发现，这套精密机器竟无人真正紧盯这些微末的流向时，胆量开始膨胀。

钱，被他不动声色地挪走。不集中操作，不留任何痕迹，如慢性的渗漏。

那是你手腕上的动脉血管被人用刀片割了一下，带着体温的血静静地流出。当你感到寒意刺骨时，血液已流失大半，濒临休克。

等财务部门终于从繁杂的数据中嗅到异常，已然回天乏术。账面上的数字依然“存在”，可能动用的现金，却怎么也无法拼凑完整。应付款开始拖欠，供应商的催款电话日渐急促，员工工资不得不分期发放。

紧张的裂痕，从财务部蔓延到整个工厂。

而那位副总，在那段时日里，表现得异常“沉稳”甚至“悲壮”。他在所有场合都将困境归咎于“外部环境剧变”、“银行系统性收紧”、“政策变化莫测”，其说词专业、周全，甚至显得比木森更为企业“痛心疾首”。

直到外部审计机构依法介入。

所有被精巧掩饰的痕迹，被一条条无情拽出；那些暧昧的私人关系，被写入调查笔录；那位曾与他推杯换盏的银行负责人，在风向骤变后，第一时间提供了“配合调查”的证明，迅速划清了界限。

工厂的资金缺口，不是一个错误，而是一个被长期啃噬的黑洞，赫然承现。

那一刻，木森才彻底醒悟：企业的倾覆，从来不是外部的风暴一击致命，而是从内部最依赖、最不起眼的角落，被一点点蛀空、噬尽。

机器仍在，厂房巍然。

可是驱动它们的血液，早已流干。

一个看似寻常的早晨。

法院的传票送达公司时，前台还以为是投递错误。紧接着，银行账户冻结通知纷至沓来，供应商全面断供，生产线最终被迫咽下最后一口气。曾经昼夜轰鸣的工业城，在短短数日内，堕入死一般的沉寂。

溃堤的消息，冲决了一切屏障。

媒体、债权人、合作方蜂涌而至。会议室不再讨论明天，只剩下清点残骸与划分责任。

那位曾极力“自救”的副总，试图在风暴眼中金蝉脱壳。他早已完成部分资产的合法转移，将利益安全地隐匿于个人名下。所有操作都在规则边缘精准舞蹈，近乎完美。然而，法网终未疏漏，他未能如愿离场，停职接受调查。

破产程序以惊人的效率启动。资产评估、债权登记、员工遣散……每一步都冷静、迅捷，如同处理一具庞大的工业遗体。那些曾代表荣耀与梦想的厂房、生产线、土地使用

被贴上编号与价签，等待肢解与拍卖。

债务则像一张骤然收拢的巨网。个人无限担保、历史合同连带责任、错综复杂的民间借贷……所有沉睡的法律条款被逐一唤醒，冰冷地附着上来。

木森以企业“法定代表人”的身份，被要求配合调查。程序从询问，升级为限制出境，最终定格为立案调查。

走出公司大门那天，他抬头望去，发现门口那块“兴茂实业”的铜牌已被取下。风吹过光秃秃的门柱，发出呜呜的轻响，像为一个时代，奏响凄凉的尾声。

羁押室的灯光彻夜长明，白得刺眼，却没有丝毫温度。在这方绝对寂静的狭小空间里，时间 第一次变得如此奢侈，又如此廉价。他有了大把光阴，来回望那条自己亲手开拓、又亲手断送的来路。

从鸭河岸边的割漆少年，到雨佳河坝上的工程指挥；

从南下建厂的破釜沉舟，到家电行业的崭露头角；

从触摸汽车梦想的巅峰时刻，到拒绝交付带病车的艰难抉择；

从众星捧月的企业家，到此刻身陷囹圄的嫌疑人……

他终于彻骨地明白：真正压垮他的，并非某一次判断失误，也非单纯的时运不济。而是当他妄图在时代的浪潮、资本的逻辑与内心的准则之间，同时筑起堡垒、站稳脚跟时，现实从未给这样贪婪的平衡，留下任何立锥之地。

债务仍在清算，案件远未终结。未来像浓雾弥漫的荒原，看不见任何路径。

此刻，他已彻底坠落谷底。掌声没了，退路没了，可供交换的任何筹码没了，只剩下一身沉重的“身份”与满目疮痍的过去。

命运，以一种近乎残酷的精准，再次印证了那句古老的乡土谶语：

“不可正月死，更不可正月生。”

他生于正月，命途注定多舛。而这一次，舛到了极处。

第二十章　省视

木森身陷囹圄。罪名是管理不善、严重失职，给国家造成重大经济损失，判刑十年。

入狱后的最初日子，时间丧失了柔软的质地，变成一块被反复锻打、冰冷坚硬的铁，一下下砸在灵魂上。所有他曾引以为傲的身份、智慧、尊严，在铁门哐当合拢的瞬间被彻底剥除，只余下一个编号、一套灰蓝囚服，以及无边无际、足以溺毙人的自我谴责。深夜，监舍鼾声四起，那些“如果当初…”、“尚若能…”的念头便如附骨之疽，细细啃噬着他每一寸清醒的神经，令人窒息。

当最初的剧痛逐渐钝化为一种持久的隐痛，时间的尘埃缓缓落定，木森才开始真正地、平静地“省视”——省视自己，省视那条将他引至此处的人生轨迹。

他现在才真正看清，他的企业，从诞生那一刻起，就并非生长于寻常的土壤，而是被放置在一个时代的加速带上。

九十年代初，市场如同一片刚刚退潮的广阔滩涂，潮水（计划）的边界正在模糊，各种价值（价格）开始自由流动。政策并不总是白纸黑字的条文，更多体现在某个窗口是否为你打开，一枚公章能否顺利落下。那是一个“先干起来再说”的黄金年代，速度是唯一的通行证，谁的动作快，谁就能在荒原上率先插下自己的旗帜。

银行的钱并不难借。地方政府渴求样板企业，需要亮眼的产值、稳定的就业，需要在向上汇报的表格里填上有分量的名字。只要你的项目足够宏大，口号足够新颖，方向看起来“符合产业升级”的模糊蓝图，贷款便能源源而来。担保、连带、风险评估，都会在那股狂飙突进的热情面前退让。

企业也在那时悟出了一个朴素而危险的“真理”：规模，本身就是信用。

进入九十年代中后期，市场真正沸腾起来。城市化进程提速，居民口袋渐渐鼓胀，家电从需要攒钱购买的“大件耐用品”，迅速滑向可以更新换代的“普通消费品”。整个行业弥漫着一种乐观的幻觉：只要产能铺开，需求就一定会如影随行。那几年，扩张被视为魄力，负债被美化为胆识。而政策，始终在一旁保持着一种默许的旁观。

直到世纪之交，空气里的水份在慢慢地减少，金融秩序的缰绳开始收紧，“风险”一词被反复提及并强调。银行的目光不再仅停留在规模与背景上，转而死死盯住现金流、负债率与行业的潮起潮落。过去被容忍的“模糊地带”，被一条条清晰而强硬的规定所取代。审批的齿轮变慢，授信的口袋捂紧，曾经依靠“滚动”就能奔驰的资金链，被要求一节一节，严丝合缝地对齐、焊死。

可企业的列车，凭借巨大的惯性，已经刹不住了。

汽车，被所有人——包括他自己——视为驶向下一个时代的船票。它完美契合“产业升级”、“工业脊梁”、“自主品牌”所有光鲜的辞藻，也满足地方政府对规模与形象的深度渴望。政策文件里的关键词被反复引用，涂抹在宏伟的蓝图上。却很少有人，真正冷静计算过这条赛道需要多长的耐力、多厚的脂肪、以及多么坚韧的神经。

银行在初期仍是支持的，但支持有了新的、更精细的条件：更复杂的交易结构、更严密的风险控制、更明确的短期回报预期。当第一缕风险的气息透过报表缝隙渗出时，态度的转向也同样迅速而彻底。抽贷不是宣战，而是机构理性的自保；让渡控制权不是阴谋，而是资本避险的天然机制。新涌入的资本带来了新的游戏规则；它不关心企业最初的梦想源于何处，只计算退出的路径是否清晰；不在乎产品的焊缝是否完美，只焦虑时间的沙漏是否可控。

在这样的新规则场域里，木森那种源于手工业者的“慢工出细活”的坚持，显得格外笨拙乃至“不合时宜”。他依然相信制造的节奏应由技术逻辑主导，相信质量终将赢得时间。但他忽略了一个残酷的事实：时代的风向已经变了，从“允许试错”的慷慨，转向了“追求效率”的冷酷，再到“不容有失”的严苛。

当银行的闸门落下、政策的暖风转向、资本的潮水退去时，企业那依靠速度和规模掩盖的、千疮百孔的本质，便瞬间暴露在烈日之下。所有在高速扩张被忽略的问题，如同退潮后的礁石，狰狞毕露。而那些在顺境中被誉为“能人”的伙伴，也开始熟练地运用新旧规则，为自己铺设最安全的退路。

企业的轰然倒塌，并未伴随着时代的片刻停顿。新的项目、更炫的口号、更年轻的成功者，迅速填补了它留下的空白，仿佛那不过是一朵微不足道的浪花。

只有像木森这样的人，被永久地留在了那片潮湿的废墟上。他终于彻悟：自己并非输给了某个具体的对手，也非败于某项关键技术，而是输给了一个完成加速、切换轨道后，便决绝不再回头的时代巨轮。

还有那无法回避的、自身的阴影。管理能力未能追上企业膨胀的速度，导致决策时轻信了时代的幻觉，在管理上留下了致命的疏漏，对风险怀抱天真的低估。内心深处的自卑告之自己要出人头地，稍有成功便滋养出难以觉察的傲慢……反省越深，痛楚便愈发尖锐，直抵骨髓。有一段时日，黑暗浓稠如墨，他甚至勾勒过“一了百了”的轮廓——觉得自己已无颜面对这个世界，更是拖累了所有至亲至爱之人。

可就在那意识的悬崖边缘，他猛地刹住了脚步。

他想起妻子春梅带着女儿来狱中的第一次探视。她没有一句哭喊与指责，只是反复地、用力地对他说：“要活着，要撑住，我和甜甜等你。”声音低哑却如钉子般凿进他心里。这时，女儿甜甜隔着厚厚的玻璃，眨巴着大大的眼睛，盯着他，颤颤惊惊地问：“爸爸，你什么时候……才能回家呀？”

那一刻，如同刀子直戳心窝子。他第一次如此清晰地感到，自己的生命，早已不再只属于自己，死亡看似一种解脱，实则是对活着的人最残忍的抛弃与背叛。

灾难降临后，父母从老家捎来口信，只有朴实的几句：“九灾八难都过来了，这不算什么！好好改造，照顾好自己。”兄弟姐妹从不过问令人难堪的细节，只是说：“放心，爸妈有我们。春梅和甜甜，绝不会没人管。”后来，为了减轻春梅的负担，大姐将甜甜接到家中，视如己出。女儿在大姐她们学校不仅完成了学业，还请了专业老师教她系统学习了钢琴演奏知识，甜甜勤学苦练，最终考上了师范学院音乐系。

这些看似平常的话语与安排，在木森荒芜的内心世界里，却重若千金。它们象一根根坚韧而温暖的丝线，从高墙之外穿透进来，告诉他：你并未被世界彻底放逐，仍被一些人固执地牵挂，沉默地需要。

慢慢地，他不再让自己沉溺于自责的泥沼。他开始在绝对的秩序与局限中，重新整理自己的人生。他学习监规，也自学新的知识；他踏实地完成分配的劳动任务，甚至主动帮助新来的、更迷茫的狱友适应环境，用自身惨痛的教训去开导他们。他把深刻的省视写在心里，将对家人无尽的亏欠，转化为“必须活下去，且要活得有尊严”的底层动力。他不再幻想“洗白”过去，只想着“补偿”未来——哪怕这份补偿，需要他用五年、十年，甚至更漫长的光阴去一寸寸偿还。

在狱中，他参与了一项技术革新，涉及两项汽车关键部件的实用性改造，并起到了关键作用，且获得了专利，木森因此获得减刑。五年后，他被提前释放。

多年后再回望，那段囹圄岁月依然沉重如山，但其底色，却不再只有绝望的黑暗。正是在那人生的最低处、最暗处，他被迫学会了敬畏（对规则、对风险、对人性）、克制（对欲望、对速度、对傲慢）与承担（对错误、对后果、对责任）。也正是在失去一切外在附着物之后，他才无比清晰地重新确认：生命中真正不可失去、也无法被剥夺的，究竟是什么。

那不是显赫的职位，不是耀眼的成就，甚至不是自由本身。

而是亲情的无声纽带，是责任的那份担当，是在看似绝对的绝境中，依然愿意选择活着、选择向前、选择相信人性深处那一点熹微之光的、脆弱的勇气。

这，便是他从深渊中带回的，唯一的、也是最重要的“省视”之果。

第二十一章 回归

木森出狱那天，手里只提着一个单薄的行李袋。他没有户口，没有社保，没有医保。春梅去接他，见面第一句话是苦中作乐的调侃："你现在啊，是标准的'三无人员'了。"说完，她深深望进他眼里，声音轻而坚定："可你也是'三有人员′——有家，有老婆，有女儿。"

木森笑了，那笑容里有沧桑，更有一种洗净铅华之后的从容。他接过话头，语气是久违的轻松："我有的东西多着呢。有挚爱的亲人，有过命的朋友，还有脑子里的智慧，身上的力气，和这双什么都干过的手脚。"

这些年他不在家里，春梅一个人撑起了头顶那片天。娘家父母年事已高，弟妹尚未立稳，外界的闲言碎语像无形的针，刺向这个本就沉默的女人。岁月的重担与内心的压抑，一点一点地啃噬着她的健康，昔日康健的身体，渐渐变得体弱多病。工作本就繁重，如今更是力不从心。一天，单位主管找到她，语气是程式化的"关切"："春梅啊，你这身体……再硬扛下去不是办法。"对方顿了顿，斟酌着词句，"要不，考虑一下病退？回家安心养着，对你也好。"

话已至此，春梅明白，这并非选择，而是唯一的退路。她很快办理了病退手续，那点微薄的保障，成了家庭风雨中又一扇可能漏风的窗。

病情在一天天加重。体重急剧下降，大小便时常失禁，双腿绵软无力……木森坚持要带她去医院，春梅却总是摇头。他懂她的心思——怕花钱，怕确诊，怕成为这个刚刚重聚的家庭承受不起的负担。“这事，由不得你。”一天，木森不再商量，拉起她的手就往外走，“命是大事，钱是小事。天塌下来，我先顶着。”

检查结果出来的那一刻，木森只觉得眼前一黑，天地旋转，仿佛当头挨了一闷棍。直肠癌。倒是春梅自己，显出异常的平静，仿佛早已预感。她轻轻扯了扯木森的衣角，声音平稳得不像病人：“现在医学发达，直肠癌治愈率挺高的。”她像是在安慰他，又像是在说服自己，“别怕，会好的。”说完，她转身朝医院大门外走去，步履有些虚浮，背脊却挺着。木森愣了一瞬，赶紧追上去，跟在她身后，护着她，疼着她。

接下来的日子，是漫长的陪护。手术、化疗、放疗……木森陪伴妻子经历了每一道关卡。他精心调理她的饮食，监督她按时服药，搀扶她在黄昏里缓慢散步。他深知自己亏欠她太多，没能让她过上几天舒心日子，却让她在最难的时候独自扛下所有。

面对破碎的生活、妻子的巨痛和昂贵的医疗费用，木森开始学会与命运对话，而非一味地对抗。他白天外出接零活，重操旧业做漆匠；夜里就守在妻子床边。廉租屋里，刺鼻的油漆味与苦涩的药水味交织在一起，像两种截然不同的人生气息：一种粗粝、现实，是活下去的底气；一种苦涩、脆弱，却指向生的渴望。他的手曾经在河堤上搬动巨石，在深山老林割取漆液，为待嫁的姑娘漆亮妆奁，也曾握过公章、批阅文件。如今，只剩下层层老茧与风霜裂口，但他心里无比清楚——只要这双手还能动，这个家，就倒不了。

后来，坏消息再次传来。癌细胞转移，先是膀胱，治疗过程中，又发现了乳腺的病灶。春梅被折磨得奄奄一息，岳父岳母偷偷抹着泪，跟木森商量："要不……先备块好点的墓地吧。"话说得委婉，意思却很明白。

木森心如刀绞，却咬着牙，一把鼻涕一把泪地照做了。他不甘心，但更不敢心存丝毫侥幸。

医疗费用如同滚雪球，变成一座沉重的山。木森开始不分昼夜地接活，一分一厘地攒。家人的关爱与有限的接济，像黑暗中的薪火，给了他顶住压力的力气，在巨大的经济压力下，也从未中断治疗春梅的病。

一位熟知他境遇的老中医听说后，主动找来，建议尝试中西医结合调理。"病到这个份上，试试无防。"

老人的话，在那个看不到尽头的隧道里，像是有人举起了一盏灯。

中药的调理，来得缓慢，却有种扎实的温柔。褐色的汤药一碗碗喝下，仿佛在将那些被病魔和岁月淘空的角落，一点点重新填满。奇迹般地，春梅腊黄的脸上渐渐有了血色，能从床上坐起来自己吃饭，有一天，甚至在窗口站了那么一会儿，看着那湛蓝的天，满眼都是希望。

那一刻，木森转过身去，眼眶滚烫，却硬生生地把泪憋了回去。他知道，这不是胜利，只是命运在漫长的折磨后，暂时允许他们喘一口气。

这时，女儿甜甜大学毕业，在本市第一中学教音乐课。这个在家庭巨变中长大的女孩，懂事得让人心疼。她下班就回家，帮忙熬药、记录用药时间，每天雷打不动地给妈妈洗脚按摩。偶尔还会用那双弹琴的手，笨拙地拍拍父亲的肩，声音轻轻地说："爸，别太累，咱们家……会好起来的。"

木森总是重重地点头，把万千酸楚和感激咽下，只在心底里发下重誓：这辈子，一定要让他们母女俩，过上真正心安的日子。

生活依旧千疮百孔。“三无”的身份像一道无形的枷锁，带来无数不便。他开始主动跑社区、街道办，一遍遍解释自己的情况，一次次遭遇同样版本的回复或委婉的拒绝。但他不再愤怒，也不再怨恨。五年的囹圄生涯早已教会他：真正能摧毁一个人的，从来不是失去曾经拥有的什么，而是选择放弃自己。

春梅的病情，在艰难的维持中，竟然慢慢地趋向稳定。木森每天搀扶着她，在清晨的微光里漫步走动。她的手枯瘦，握在掌心却有了真实的温度。阳光照在两人花白的头发上，木森忽然悟到：

所谓回归，并非回到某个具体的地点或状态，而是重获一种“生活下去”的资格与能力。

而重生，也并非命运额外赐予的第二次机会，而是在被剥夺殆尽、坠入最深的黑暗之后，人依然选择用尽全力，把眼前这破碎的、具体的一天，一天天、好好地过下去。

风雨从未停歇，但他们已经学会了在风雨中相互依偎、站稳、站直、携手同行。

日子依然漫长，但指针，确凿无疑地，在向前推移。

第二十二章 迈步

春梅的病，在所有人都几乎放弃的悬崖边，竟真的迎来了熹微的曙光。

中西医结合治疗的头几个月，变化微乎其微，煎熬却与日俱增。连春梅自己都灰了心，拉着木森的手劝他："别折腾了，咱认命吧。"可木森只是更紧地回握住她的手，一言不发，却把每天的熬药、记录、复诊，执行得像一场不容失败的仪式。

直到半年后的那次复查，医生指着影像片子上那片曾经狰狞的阴影区域，欣喜地告之："主要病灶，已经看不到了。"

那一刻，木森站在医院人来人往的走廊里，仿佛全身的力气瞬间被抽空，双腿发软，不得不扶住墙壁。一股滚烫的热流猛地冲上眼眶，他仰起头用力眨了眨眼睛。不是喜悦，而是一种近乎眩晕的确认——原来命运并非一台只会无情索取的机器，它偶尔，也会展示一丝吝啬的仁慈。

春梅的身体，像一株熬过严冬的枯藤，开始一点点复苏。脸上褪去腊黄，透出久违的血色；下床活动的次数越来越多，从需要搀扶，到自已扶着墙走，最终，她能够自已迈开步子，虽然缓慢，却稳当地向前走去。她常唸叨：“要不是那位老中医，我这条命，怕是早就丢了。”

这句话，木森听在耳里，却像种子落进了心田，生根、发芽。

他见过太多像他们一样在病痛与贫困中挣扎的普通人，治不起，或治不对路；要么盲目迷信西医的刀与药，要么一头扎进偏方的迷雾。他亲身经历了二者结合带来的奇迹，一个念头由此变得无比清晰而灼热：他想要架一座桥，一座连结两种智慧、让普通人看得起病、看得对病的桥。

梦想炽热，现实冰冷。没资金，没团队、没经验，自己还是一个“三无人员”，谈何办医？这个念头像一个奢侈的幻影，在无数个深夜里升起，又在每个黎明被现实的冷棒打落。

直到有一个夜晚，他望着睡梦中呼吸平稳的妻子，想起了那些从未离开过自己的人——原来共事的过命兄弟，无论荣辱始终在身后的亲人。他把那个盘旋已久的念头，一字不漏地捧了出来，没有豪言壮语，只有一句厚重的大实话：

“我不想……让别人再走我们绕过的弯路，吃我们吃过的苦头。

亲人们默默点头。那位朋友听完，沉默了很久，久到木森以为他会反对。最后，朋友只说了这些字，字字铿锵有力：

“要干，就干得干干净净，走正道。”

筹备的过程，是一场比预想艰苦十倍的跋涉。选址、审批、资质，每一步都是全新的、布满荆棘的未知领域；资金缺口巨大，他拿出不多的积蓄，兄弟姐妹倾囊相助，那位朋友抵押了自己的房产；专业人才难求，他三顾茅庐，用诚意和清晰的愿景打动那位老中医出山担任顾问，又像燕子衔泥般，一点点聚集起一群有理想、肯吃苦的年轻医生。

最苦的时候，他白天跑遍各个部门，磨破嘴皮；晚上守在施工工地，与工人一起吃住。每一笔账目都亲自过眼，每一分钱都花在刀刃上。有人看他蓬头垢面、精疲力竭，忍不住劝：“木森，何苦呢？这把年纪了，找这份罪受，值吗？”

他抹了一把脸上的灰，笑了笑，眼神异常清澈：“这事要是半途而废，我心里那道坎儿，这辈子都过不去。”

一年零三个月后，一家名为“春晖”的中医院，在一条并不繁华的街道挂上了牌子。没有剪彩，没有喧哗。开诊第一天，来的多是附近的街坊，带着好奇与试探。

傍晚，送走最后的一位病人，木森独自站在门口，望着诊室里温暖的灯光，心里涌起的不是激动，而是一种久违的、深沉的平静。

这一次，他没有盲目追逐规模与速度，而是像一个老石匠，稳稳地，向前迈出了第一步。

他把过往血泪换来的教训，一字一句刻进医院的骨血里：财务彻底公开，流程阳光透明；医疗权与管理权严格分开，相互制衡；定期培训，考核面前人人平等，绝不姑息“关系户”；对待每一例投诉，都必须有调查、有反馈、有记录。

口碑，像水渗入沙地，慢慢传开。人们口耳相传：这家医院不大，但药价实在，医生“有两刷子”……更关键的是——让人放心。

听到这些议论，木森心里会掠过一丝宽慰，但他深知，这份“放心”，是他用半生浮沉、妻女健康乃至数年自由，换来的唯一答案。

然而，考验总是猝不及防。

医院开业不到三个月，第一场风暴袭来。起因并不复杂，一位患有多年慢性病的老人入院调理，起初很平稳，却在第三日深夜突发急症，转送市医院抢救后脱险。家属情绪崩溃，认定是中医院延误，当夜便聚集在大门口，哭喊拍门，声响撕裂了平静的夜空。

次日，流言已如野火蔓延。照片、猜测、质疑……还未完全站稳脚跟的“春晖”，顷刻间被推上悬崖。紧急会议上，空气凝固。那位抵押了房产的朋友，面色铁青，率先开口，声音硬得像铁：“不能硬扛，要么花钱消灾，私下和解；要么，想办法把我们的责任摘干净。真相不重要，活下去才重要！闹大了，这招牌就彻底砸了！”

每一个字，都像无形的手撕裂着他的心。木森沉默着，眼前闪过妻子病危时的脸，闪过自己当年在文件上轻率签下的名字，闪过法庭上那柄无形的法槌。

良久，他抬起头，声音沙哑却清晰：“病历、流程、用药记录，我们都复核过，符合规范。如果为了息事宁人，就去承担不该承担的责任，那和当年……有什么区别？今天用钱堵一次嘴，明天呢？后天呢？‘春晖’的底线，第一天就该烂掉吗？”

朋友猛地站起来，额上青筋凸起：“木森，你别天真了！医院不是乌托邦！活下去，才有资格讲对错！如果‘春晖’倒了，我们现在争的这点‘干净’，还有什么意义？！”

激烈的争执在会议室碰撞。那是他们相识以来，第一次在原则问题上正面冲突，不欢而散。

夜深人静，木森独自坐在未开灯的办公室。窗外路灯昏黄，光晕笼罩着“春晖”那崭新的挂牌。往事的幽灵与现实的困境同时啃噬着他。上一次，在更大的帝国崩塌前，他选择了听从“现实经验”，选择了妥协与回避，结果万劫不复。这一次，站在这个小小的、凝聚着所有人希望的“春晖”面前，他问自己：你还要逃吗？

“不。”

一个清晰的声音从心底最深处迸发。他逃了大半生，从贫穷逃向财富，从失败逃向幻灭，这一次，他无处可逃，也不想再逃。

第二天，他做出了一个令所有人愕然的决定：主动公开，全面配合。

他请来第三方医疗专家团进行独立评审，同时向上级主管单位报备，敞开一切资料接受调查；他亲自登门向病人家属说明情况，不承诺赔偿，只承诺“该我们负的责任，一分不会少；不该我们负的责任，也一分不会担”；医院暂停部分业务，全员自查，从流程到预案，重新梳理培训。

朋友闻讯赶来，压着怒火将他拉到一旁：“你疯了？这是把刀亲手递给别人，架在自己脖子上！”

木森看着他，目光平静如深潭：“我不是在赌运气，我是在给′春晖′，也是给我自己，定一条永不后退的底线。这条线划下了，以后的路，才知道该怎么走。”

调查持续了近一个月，时间煎熬如炼狱。最终结论出来：治疗方案符合常规，但医院的重症风险预警和应急转诊流程上存在疏漏，虽非主要责任，但需承担相应管理过失，给予合理补偿，并限期整改。

这个结果，让医院得以存活，也让所有人惊出一身冷汗。

风波并未演变成灭顶之灾。反而，随着调查过程的公开透明，舆论大转向。开始有人议论：“这家医院，不躲不藏，敢作敢当。”那位情绪激动的家属，后来在调解会上也红了眼眶：“你们早这么坦诚，我们……又何至于此。”

整改通过那天，朋友站在焕然一新的诊室走廊，望着墙上新贴的、更加严谨的流程制度图，沉默了许久，终于低声说：

“我以前总觉得，活下来是唯一的目的。现在才懂，怎么活下来，决定了你能活成什么样。”

木森没有接话，只是伸出手，重重地拍了拍朋友的肩膀。所有争执、忧虑、不解，都在这一拍中，化为无以言表的共识。

第二十三章　方向

医院步入正轨后的第二个春天，看上去风平浪静。

门诊量稳步增长，老病号带新病号，附近几个乡镇的人也开始慕名而来。账面终于不再紧绷，朋友松了口气，甚至第一次主动提起“是不是可以考虑扩建了？”

机会来得很快。

县里准备整合基层医疗资源，有意引入一家“示范性中医院”，统一承担部分慢性病管理和康复项目。这意味着稳定的资金来源、政策倾斜，还有一条几乎铺好的发展通道。消息一出来，几家医院已经开始暗中活动。

牵线搭桥的人，是个熟面孔。在酒桌上他毫不掩饰，说得很直白：“程序嘛，肯定要走。但有些地方，懂的人都懂。只要你们觉得可以做，剩下的事情，交给我们办。”杯子里的酒在他手里来回晃动，他没能把它举起来。

“这项目，评的是医疗能力，还是别的什么能力？”

对方一愣，随即笑了：“老兄你太认真了。”

那天晚上，木森回到医院，在走廊里站了很久。朋友追出来，压低声音：“你疯了？这是一步登天的机会。只要不越红线，大家都这么干。”

他看着墙上的那块院训牌子，字不大，却很清晰。

“我们刚从悬崖边上回来，别自己往下跳。”

最终，他拒绝了。

结果几乎是立刻显现出来的。示范项目花落别家，连带着原本谈好的几个合作项目，也搁置在那里了。资金压力扩大，设备更新被迫延期，团队里开始有人动摇。

那天夜里，他回家很晚。女儿在电脑上工作，听见动静抬起头。

“爸，你是不是又遇到难事了？”

木森诧异。这孩子，不知从什么时候开始，已经能从他的沉默里看出端倪。

他坐下来，想了想，还是把事情简单对她说了。没有抱怨，也没有自我辩解，只是说：“也许爸爸错过了一个机会。”

女儿过来挨着他坐下，认真地看着他：“那你后悔吗？”

这个问题比任何质问都重。

他摇了摇头：“不后悔。但我不知道，这条路会不会更难。”

女儿想了一会儿，说：“如果是我生了病，我希望去的医院，是不靠关系立住的。”

这时，春梅也从房间走出来：“甜甜说得在理！”

那一瞬间，他的喉咙像被什么堵住了。

第二天，一名年轻医生递交了辞职信。理由写得很客气：个人发展考虑。朋友把信放在桌上，没说话。空气中充满了一种无声的指责。

没过多久，真正的压力来了。

监管部门突击检查，比以往任何一次都细。流程、台账、药品采购、人员资质，一项不落。有人私下提醒朋友："这不是普通检查。"

那天晚上，朋友终于忍不住爆发了："你看到了吧？你不合群，人家就让你不好过！"

木森没有反驳，只是说：查得出来的问题，我们改；查不出来的，也要站得住。"

检查持续了整整一周。问题挑出不少，但没有致命的内容。相反，一份意外的报告却在另一条线上流传开来——那家中标示范项目的医院，被举报虚报数据、违规操作。

风向发生变化。

有人开始重新打量这家"不识时务"的中医院。也有人第一次意识到：当所有人都低头的时候，昂首挺立反而成了稀缺品。

朋友站在窗前，看着楼下排队的病人，忽然苦笑了一声："你这人，真是倔。"

木森回答得很轻："不是倔，是怕。"

“怕什么？”

“怕再把自己、把别人，带回那个回不了头的地方。”

这一刻，他们都明白，更大的风暴正在逼近。而医院，已经无法再假装只是个看病的地方。

这天，合作很长时间的供货商忽然被暂停资格，理由含糊其词；紧接着几种常用的中药饮片迟迟送不到位，门诊不得不临时调整处方。病人开始抱怨，医生心里也不安。表面看，是商业纠纷；可木森清楚，有人在药品配送这上面做文章，在试探底线。

第三天，一位“老领导”找上门来。一看就知道是个老滑头。他从行业发展谈到地方稳定，从民营医疗的“艰难处境”谈到“互相理解”。最后，话锋一转：“有些事，大家相互支持就好。你们医院要是愿意配合，把一部分慢病数据交出来，后面的路就好走了。”

所谓“数据”，并不是科研用途，而是用来填补别人留下的空洞。

朋友在一旁，脸色阴沉，却没有插话。他知道，这一次拒绝的代价，可能不只是钱。

那位领导走后，朋友终于开口：“你要是真顶回去，医院可能保不住。”

木森点点头：“我知道。”

“那你还——”

“可我更知道，对中医院而言，这些′慢病数据′经过多年积累将会成为医院宝贵的资产，也是科研和学术地位的基础。交出数据，可能被视为交出未来的竞争力……”

这是他们第二次，也是最沉重的一次分歧。

朋友沉默了很久，忽然说：“如果真到那一步，我会主动承担这个责任。”

他猛地抬头：“不行。”

“这是现实！”

“现实不是让一个人扛，另一个人躲。”他的声音不大，却异常坚定。“当年我一个人进了牢里，留下你们在外面承受。那不是智慧，是逃避。”

朋友的眼眶红了。

几天后，真正的雷落了下来。联合调查组进驻。不是针对医院，而是针对“区域医疗数据异常”。可所有人都知道，谁会被第一个翻出来。

与此同时，那家曾中标示范项目的医院，有人试图自保，在暗中放话——“问题源头在民营中医院。”

一夜之间，舆论开始发酵。

就在这时，医院送来了一位急重症患者。

情况极其危急、复杂，按流程，应立即转院，但转院意味着时间风险，也意味着——放弃一条几乎可以证明医院专业能力的机会。

医生犹豫了。朋友看向他，低声说：“你要想清楚，现在任何风浪，都会被无限放大。”

他走进抢救室，看着监护仪上跳动的数字，忽然异常冷静。“救人第一。其他的，之后再说。”

抢救持续了整整五个小时。人救回来了。

第二天，病人家属在医院门口跪下，什么都未说，只磕了三个响头。有人拍下视频，传了出去。

几天后，调查结果公布：数据造假链条被坐实，数家机构被点名；而那家民营中医院被单独列出——“流程规范、数据真实，未发现违规行为。”

朋友站在公告前，久久没有说话。

晚上，两人坐在医院顶楼，灯光从脚下铺开。朋友忽然笑了，笑意里面有疲惫：“我一直以为，能活下来靠的是圆滑。现在才明白，有时候，活下来靠的是不肯弯腰、正直為人、踏实做事、不负良心。”

那一刻，他们看到“春晖”是真的站立起来了。

那些风波，没有击垮“春晖”，反而像一次次淬火，让它的筋骨在高温下击打后，变得更加坚韧。

从此，“春晖”再没寻找过任何捷径，也不再寄望于虚妄的运气。它学会了在现实的逼仄中，安分守己地维护原则；也在原则的框架内，寻找踏实前行的道路。

而木森自己，也终于在这场与自己、与过往的终极对话中，完成了最后的蜕变。

真正的迈步，从来不是指向远方的第一次起跑，而是在此后的每一里路、每一个岔路口、每一次狂风暴雨袭来时，你都有勇气、有智慧，不再重复过去的错误，稳稳地，将脚印落在自己选择的、无愧于心的道路上。

路还很漫长，但他已经看清了方向，也找回了自己的步伐。即将稳稳地驾驭着历经了千难万险的“生命之舟”驶向远方。

后 记

那几年，新冠疫情来得迅猛。医院一夜之间被推到风口浪尖。防控、分诊、隔离、物资调配，每一项都压在神经上。木森已经很少坐办公室了，常常穿着防护服在各个区域来回走动，声音隔着口罩显得闷，但始终稳而有力。

发烧，是在一次连续三天值夜班后的凌晨。

起初，谁都没当回事。核酸、隔离、用药，一套流程走下来，他反而比年轻人更镇定。可高烧反复不退，人迅速消瘦。医生立刻给他做了全面检查。、

那天，木森坐在诊室里，医生把片子反反复复地看了好几遍，然后说："肝癌晚期。"他的语气很轻，却象一记闷雷炸在木森的耳边。他听得异常清楚，却没有想象中的恐惧，似乎心中早就有数。

很快安排了手术，切除了一个大若苹果的瘤子。化疗开始后，时间变得支离破碎。药物一滴一滴进入身体，恶心、脱发、乏力轮番上阵。放疗结束那天，他靠在走廊的椅子上，连站起来都要春梅扶着。镜子里的自己，瘦得几乎陌生。他很配合治疗。

春梅近乎搬进了医院。她学会了记录指标、记住药名，夜里不停地给他搔痒（吃了靶向药的副作用），又一遍遍替他掖被角。她很少在木森面前哭，总是轻言细语地说："你当年陪我熬过来的，这次换我。"木森有气无力地接着说："你的下文是——我都完全康复了，你也会慢慢好起来的。"春梅不停地点着头。

春梅还告诉木森："老家和她娘家的亲人们都带来了问候和礼物，要你与病魔斗争。"他听着听着，眼湿了，心里很温暖。

女儿都是当妈的人了。她不再问"会不会好"，而是在离开病房前认真地说："爸，等您好了，我们全家五口一起去旅游！"

朋友来得最勤，话却最少。两人常常只是坐着，通过一个眼神，一丝微笑来表达他们内心深处对彼此的信任……

医院的事务，他早就一点点地放手。制度在运行，团队在成长。他只是偶尔翻翻报表，听听汇报。有时会在春梅的陪护下，去门诊部看看。

站在医院大门口，他看着那块牌子，"春晖"两字依旧清晰且发着光。门诊大厅里，人来人往，秩序井然。有人认出他，远远地点头致意，并亲切地说："院长多休息！""院长早日康复！"

他笑着缓缓说：“谢谢！请你们放心，我现在最重要的工作，就是配合医生治疗；我现在最大的愿望就是闯过术后五年关。”

……

今年，二零二六年，木森终于迈过了术后五年关，身体各项指标逐步恢复正常。这个正月生人，大难不倒的他，竟奇迹般的一天天好了起来……

二零二六年

三月二十九日

www.ingramcontent.com/pod-product-compliance
Lightning Source LLC
LaVergne TN
LVHW090524110826
845146LV00003B/966